YN Y GWAED

D0302060

Yn y Gwaed

GERAINT V. JONES

Gomer

Argraffiad cyntaf – 1990
Argraffiad newydd – 2010
Ailargraffwyd – 2012, 2013, 2015, 2016, 2017, 2018

Cyhoeddwyd yn wreiddiol fel enillydd Gwobr Goffa Daniel Owen,
1990, gan Lys yr Eisteddfod Genedlaethol

ISBN 978 1 84851 202 3

Noddwyd yr argraffiad hwn gan Lywodraeth Cynulliad Cymru

Argraffwyd a rhwymwyd yng Nghymru gan
Wasg Gomer, Llandysul, Ceredigion SA44 4JL

I
Heledd Elfyn
a
Mared Elfyn

1

Awyr goch, goch . . . a'r coed a'r cerrig yn ddu, ddu . . . yn
drwm o ddu . . . yn bwys o goch . . . y du yn y coch coch . . .
a'r coch dros y du du . . . a rwla ma' ci yn udo'n hir ac yn
drist. Ma' hi'n storm, a'r coch yn ddu a'r gwynt yn chwibanu
yn y cerrig, a rhywun yn marw!

Mae Mared yn llechu, y cerrig yn gysgod rhag y glaw . . .
a'r garrag yn diferu'n goch . . . 'i gwynab hi'n ddu a'i llygid
hi'n goch . . . ac ma'i cheg hi'n llydan, yn sgrechian, ond
does dim sŵn yn dod dros 'i dannadd mawr gwyn hi, dim sŵn
yn dod o'r twll du, du. Ma'i sgrech hi wedi'i boddi yn sŵn y
storm. Ma' hi'n crio . . . 'i dagra hi'n goch, ac ma'n nhw'n
disgyn ac yn llosgi ar y garrag. Nage! Chwerthin ma' hi!
Chwerthin yn lloerig ddilywodraeth . . . am ben Mam! Ac
ma' Mam yn gorff! Yn gorwadd ar y garrag goch, a'i gwddw
hi'n geg fawr ddu . . . ac ma'i gwddw hi'n chwerthin, yn fy
ngwatwar. Ble ma'r gyllall? Mared yn noethlymun gorn; 'i
bronna calad yn diferu'n ddisglair yn y glaw, ac ma' hi'n
pwyntio ata i, at y gyllall yn fy llaw . . . 'i llafn hi'n ddu . . .
a'm llaw i'n goch! Y daran yn rowlio uwchben . . . yn fy
mhen! A hwnnw'n dyrnu, dyrnu . . . a dwi'n wlyb oer . . . ac
ma' gwddw Mam yn chwerthin yn hyll . . . a Mared yn
sgrechian, a'r babi'n crio . . . ac ma' 'na rywun tu ôl imi . . .
Aaaaah! . . . Cysgod du a'i law oer goch ar fy ngwar!
Aaaaaaah! Ma'i ddüwch o drosta i a dwi'n boddi mewn
gwaed coch tew . . . Aaaaaaaah!

'Deffra, Robin! Deffra, da di! Ti 'di deffro pawb arall
efo dy weiddi gwirion, a'n dychryn ni o'n croen yn reit
siŵr!'

Wrth i'r storm ostegu trodd y dafnau chwys yn iâ oer ar

ei dalcen. Roedd gafael ei fam ar gnawd gwlyb ei ysgwydd yn filain a'r ewinedd yn brathu i'r byw.

'Fedrwn ni ddim mynd ymla'n fel hyn; cael ein cyffroi fel 'ma noson ar ôl noson! Deugian oed a rhagor, ac yn colli arnat dy hun yn ddireswm. Sbia arnat ti! Rwyt ti'n furum o chwys. Mi ei ditha o dy bwyll hefyd! Wyt ti 'nghl'wad i? Ddim yn gall fyddi di!

Ei fam yn plygu dros ei wely plu a'i cheg yn fawr ac yn ddiddannedd ddu, llafnau ei hewinedd a llafn ei llais yn ei ddadebru'n greulon, fel halen ar friw. A'r hunlle'n glais o'i fewn.

'Wyt ti'n effro, dŵad? Agor dy lygid, neno'r tad, inni gael tawelwch yn y tŷ 'ma unwaith eto. Gwell iti neud diod iddo fo, Mared.'

Mared yn ei choban wen yn nrws y llofft a golau'r landin yn chwarae'n hy yn y neilon tenau, yn ei noethi hi o flaen ei lygaid.

'Paid â rhythu'n wirion, Robin! Ma' golwg ddigon hurt arnat ti ar y gora. Dos ditha i nôl llymad iddo fo, Mared! Gwna fel dwi'n deud wrthat ti'r tro cynta! Dŵr neith y tro yn iawn.'

Ai gwenu mae Mared wrth droi'n bryfoclyd draw ac oedi ennyd arall yn y golau, ei gwallt yn ddüwch llaes ar ei chefn sidan ac yn goron o flerwch disglair yr un pryd?

'Dwn i ddim be wnâi dy wraig, pe bait ti 'di llwyddo i gael un erioed. Mi fasa'r druan 'di hurtio'n reit siŵr.'

Cannwyll ei llygad yn fflam ddu wrth iddi sychu chwys ei dalcen yn chwyrn. Ei dwylo fel dwylo . . . ! Y llafnau o ewinedd caled, budr yn ymestyniad o'i bysedd hir, migyrnog. Ei gwallt brith yn beli tynn ar y clustiau. Croen ei gwddw'n codi'n rhychau atgas o'i bronnau llac. A'i cheg ddiddannedd ddu!

'Pam na thriwch chi . . . ?' Cwestiwn mud, anorffen.

'Hwda! Yf hwn!'
Mae llygaid Mared yn chwerthin.

*   *   *   *

Fe wnaeth profiadau'r nos hunllef o'r dydd drannoeth
hefyd i Robin. Dechrau uwchben brecwast a'i fam yn
rhefru arno fynd i weld Parri Bach y doctor yn Rhyd-y-gro
er mwyn iddi hi a Mared gael llonydd i gysgu'r nos.
'Gofyn iddo fo am rwbath i dy dawelu di unwaith ac am
byth!' Roedd y geiriau hynny wedi'i frifo, a chwerthin ei
chwaer wedi'i wneud yn sorllyd a dig. Dyna pryd roedd
Mared ar ei hylla, ym marn Robin—pan oedd hi'n chwer-
thin. Byth yn chwerthin o'i chalon, byth yn chwerthin efo
rhywun fel y byddai hi gynt ond bob amser yn chwerthin
ar draul rhywun arall—ei brawd ei hun gan amla—fel pe
bai hi wedi suro ac am ddial ar bawb a phopeth. Doedd hi
ddim yn bictiwr ar y gorau wrth gwrs . . . ond corff
gwerth ei weld! Coesa hir a bronna mawr calad, fel yn y
goban neithiwr. Ond wynab Mam, gwaetha'r modd, efo'i
thrwyn rhy lydan, ei gwefusa rhy fain a'i gên rhy ddynol.
A'r ddafaden 'na ar ei boch chwith, efo'r tri blewyn du
calad yn tyfu o'i chanol! A hitha'n edrych fel 'na, ac yn ei
thrydedd blwydd a deugain, châi hi ddim gŵr bellach.

Roedd meddwl hyn i gyd yn gysur rhyfedd i Robin wrth
iddo wthio'i gwpan a'i blât yn fustlaidd oddi wrtho ar
draws y bwrdd brecwast a'i chychwyn hi am y drws. Ond
cyn cyrraedd hwnnw roedd wedi taro'i gap seimllyd yn
od o chwithig ar ei ben ac ennyn rhagor o ddirmyg y
ddwy. Boddwyd eu hwyl gwirion gan y glep o'i ôl.

Allan ar y buarth oedodd i fwrw'i ddiflastod ar y niwl
trwm ac ar ragolygon anobeithiol y dydd.

Gwynab Mam sgin titha hefyd, mêt, meddai'n frwnt

wrtho'i hun. Ac yn bedair a deugian oed be ydi d'obeithion di 'ta o gael gwraig byth?

Ond cwestiwn heb golyn oedd o. Fu diffyg gwraig erioed yn destun gofid i Robin-Dewyrth-Ifan.

Syllodd ar y llwydni oedd yn cuddio popeth uwch na thaflod y llofft stabal a gadawodd i'w lygaid symud yn swrth o amgylch y buarth. Ar y chwith iddo, wal y berllan yn rhedeg ddeg llath ar hugain neu fwy i'r gornel lle'r oedd y giât a agorai i'r ffordd—ffordd drol—i lawr i'r pentre. Yn union gyferbyn ag ef a chyferbyn â'r tŷ, y sgubor sinc, yn hanner llawn o fyrnau gwair. Bychan fyddai dogn ddyddiol yr anifeiliaid eleni eto pe bai'r gaeaf yn un hir a chaled. Cysurodd Robin ei hun y deuai newid i'w lwc cyn hynny. Bwlch oedd wedyn rhwng y tŷ gwair a chornel cwt di-ddrws y tractor. Hwn a'r beudy godro isel gyda'i do tyllog yn ffurfio ochr dde'r buarth. Ac yna, agosaf at y tŷ ar yr ochr honno, talcen y llofft stabal efo'i grisiau cerrig a'i drws ar glo. Ac o dan y llofft, yr hen stabal yn llawn geriach a llanast ond yn lle digon hwylus i'r ieir glwydo ynddo.

Yn ôl ei arfer, anwybyddodd y sŵn trist a ddeuai o fan'no a chychwyn yn anfoddog tua'r cae i nôl y pedair buwch i'w godro—y *fuches,* chwedl ei fam! Ni thrafferthodd ddadfachu Mic o'i gadwyn wrth ddrws cwt y tractor. Llawn cystal gwneud y gwaith heb yr hen gi.

Tra oedd o'n stompio trwy laid i buarth daeth i'w feddwl ei bod wedi glawio'n drwm yn ystod y nos. Roedd y domen wrth ddrws y beudy wedi rhedeg mwy a drewdod y biswail wedi'i wasgaru'n ehangach nag arfer. Rhywbeth arall iddi *hi* fytheirio'n ei gylch. Bytheirio ac arthio oedd 'i phetha hi!

Wrthi'n ufferneiddio segurdod y Ffergi bach rhydlyd yn ei gwt yr oedd Robin pan gydiodd y boen yn ei gylla a chodi i'w frest i'w fygu. Bu'n ddigon i'w yrru'n syth ar ei liniau hyd nes bod brethyn treuliedig ei drowsus melfaréd yn sugno'r gwlybaniaeth atgas yn oer yn erbyn ei groen, a dafnau chwys yn neidio i'w dalcen. Saethai'r boen fel gweill poeth drwyddo ac er ei waethaf clywodd ei hun yn griddfan yn uchel. Be gythral oedd yn bod arno? Pa felltith oedd yn gwasgu ar ei wynt ac yn creu'r fath dyndra yn ei frest? Be ddiawl oedd yn digwydd iddo?

Ymhen eiliadau agorwyd drws y tŷ.

'Be s'mater arnat ti? Gweddïo'n y glaw?' Llais cras ei fam.

'Gofyn am faddeuant!' Llais a chwerthin Mared. Ond yr eiliad nesaf roedd hi wrth ei ymyl, yn ceisio'i godi ar ei draed. 'Tyrd i'r tŷ!'

Ciliodd y boen mor sydyn ag y daeth.

'Na . . . iawn ŵan.'

'Be o'n bod arnat ti?'

Cofiodd Robin am ei dymer a gwatwar ei fam a'i chwaer ychydig ynghynt.

'Dim byd. Deud gair o weddi o'n i 'ndê!' Gobeithiai fod ei lais cras, undonog yn llawn o'r coegni a fwriadwyd. Yna anelodd am y bwlch rhwng y sgubor sinc a chwt y tractor gan adael Mared yn fudan er nad yn gwbl ddibryder o'i ôl.

Torrwyd ar ei feddyliau gan sŵn drws y llofft stabal yn cael ei ysgwyd yn ysgafn.

*   *   *   *

'Be o'n bod arno fo?'

'Dwn i'm. Ddeuda fo ddim, roedd o'n 'i ful o hyd, ond roedd o wedi colli'i liw yn gythral a'r chwys yn byrlymu o'i dalcan.'

'Hy! Rheswm arall dros iddo fo fynd i weld y doctor. Ond ma'r cythral gwirion yn rhy styfnig i ddim . . . Mi wna i'r grât, gwna ditha be sy raid iti.'

Ac ar awgrym ei mam aeth Mared ati i dywallt dysglaid o uwd tew a gosod chydig frechdanau ar blât. Ni thrafferthodd daflu lliain drostyn nhw cyn cychwyn allan i'r glaw.

* * * *

Cymerodd Robin ei amser i hel y fuches at ei gilydd a dod â hi i'w godro. Yn y beudy rhedodd chydig ddŵr glân dros y bwced llaeth ac yna'n ddiffwdan aeth ati hi i 'sgafnu pwrs pob un. Roedd hi'n ganol bore arno'n eu troi allan drachefn a'u rhoi y tro hwn yn y Weirglodd Isa.

Fel yr âi'r bore rhagddo ac fel y cuddiai yntau tu ôl i'r byrnau gwair yn y sgubor sinc i gael llonydd efo'i smôc, diolchodd nad oedd y boen fawr wedi dod yn ôl. Fe gafodd ei ddychryn heddiw. Fu'r un o'r plyciau eraill cynddrwg â hwn. Ond dyna fo, rhywbeth sy'n pasio ydi poen hefyd, fel pob dim arall, meddyliodd yn ddoeth, a rhoddodd yr athroniaeth fawr honno ryw lun o dawelwch meddwl iddo. Hyd nes i feddwl arall ei daro!

'Damia! Dwi ddim 'di carthu'r beudy!'

* * * *

Ar ôl cinio aeth Robin allan i'r tywydd heb fawr o amcan na bwriad. Roedd dianc rhag Mam a Mared yn ddigon o reswm ynddo'i hun a phris bychan i'w dalu oedd gwlychu yn y glaw mân.

Cerddodd draw at y Ceunant Bach i gael golwg ar y *generator* yn ei gwt—*generator* Dewyrth Ifan!

Rhaid bod yr hen ddyn yn dipyn o foi hefyd, meddyl-iodd, wrth weld dŵr y Nant Goediog yn cael ei sianelu'n ddwy ffrwd, y naill i droi'r tyrbin bach a roddai ddigon o drydan i ofynion y ffarm, ac eithrio ar gyfnod o sychder, a'r llall, yr un llai, i gadw lefel y tanc dŵr ger y tŷ. Ac wedi cyflawni'r ddwy gymwynas honno byrlymai'r nant yn ei blaen drwy'r ceunant ac ymuno ag afon Dwysarn ar lawr y Cwm.

'Dipyn o athrylith ma' raid, beth bynnag arall oedd o.'

Oedodd Robin am sbel yng nghysgod y coed. Eistedd-odd ar garreg fwsoglyd i rowlio smôc iddo'i hun ac anwybyddu'r gwlybaniaeth oedd yn treiddio brethyn ei drowsus a gwlanen drwchus ei drôns.

'Dwn i'm pwy sy'n tynnu ar 'i ôl o, os nad ydi Mared!'

Wrth i flaen difaco ei sigarét gydio yn y fatsien bu bron i'r fflam losgi ei aeliau blewog. Gwthiodd yntau ei gefn yn ôl yn erbyn bôn coeden, ac oni bai am y mud boen yn ei gylla gallasai'r byd fod mor agos byth at fod yn berffaith.

* * * *

'Lle'r aeth o, tybad?'

'Pwy?'

'Wel y brawd gwirion 'na sgin ti, pwy arall!'

Yn dod i mewn yr oedd Mared ar ôl bod yn hel wyau'r ieir ac nid oedd Mam eto wedi sylwi ar y disgleirdeb yn ei llygaid.

'Ma' 'na rywun yn dŵad yma.'

'Be ddeudist ti?' Daeth yr hen wraig yn ôl i ddrws y pantri a chuwch mawr ar ei thalcen. 'Be ddeudist ti?' Y cwestiwn yn fwy chwyrn yr eildro. 'Rhywun yn dŵad yma, ddeudist ti?'

'Ia.' Llais didaro, i gelu cyffro'i hwyneb.

'Pwy, 'lly? Sut gwyddost ti?'

''I weld o wnes i tra o'n i'n chwilio am wya. Mae o ar 'i ffordd i fyny 'ma.'

'Fo? Pwy ydi o?' Mwy o gyfarthiad diamynedd na dim arall.

'Rhy bell i ddeud yn y niwl.' Ac aeth Mared heibio i'w mam yn nrws y pantri a throsglwyddo'r wyau o'i barclod i ddysgl ar y stelin o lechen las. Roedd hi wedi nabod yr ymwelydd wrth gwrs, nabod ei gerddediad, nabod ei ben moel, nabod . . . hen gariad.

'Oes 'ma bobol?' Roedd y drws wedi cael ei gilagor.

Goleuodd wyneb Mared, düodd wyneb Mam.

'Blydi Harri Llwyn-crwn!' meddai hi rhwng ei dannedd. 'Pry cachu!' Yna, gan godi'i llais ond heb ollwng y dôn ddigroeso ohono, 'Oes, siŵr Dduw, ma' 'ma bobol. A gwell pobol o dipyn hefyd na be gei di lawr yn y pentra 'na!'

Caeodd Harri ei lygaid mewn anobaith. Doedd o ddim wedi cerdded yr holl ffordd i fyny i Arllechwedd i gychwyn ffrae efo'r stwcan fer, flin hon o wrach. Roedd yn gwybod amdani'n ddigon da bellach i nabod yr arwyddion ac i frathu tafod.

'S'ma'i, Mared? Hen dywydd annifyr! Robin o gwmpas?'

'Sut wyt ti, Harri? Ti'n edrych yn dda.' Ac anwybyddodd hithau, orau y gallai, y synau gwyntog anghwrtais o ffroenau'i mam y tu ôl iddi. 'Na, ma' Robin allan yn rhwla. Hyd y caea dwi'n meddwl.'

'Ar 'i din yn rhwla'n smocio mae o, mwya'r tebyg.' Roedd yr hen wraig wedi'i sodro'i hun yn herfeiddiol ar ganol y llawr, ei choesau byrion fymryn ar led a'i breichiau gwydn wedi'u croesi ac yn pwyso ar ei bronnau llac.

'Ar fy ffordd adra o'n i, a meddwl 'swn i'n galw i weld sut ydach chi.'

'Wel ia, 'dan ni'n falch iawn o dy weld di, cofia . . .'

'Hy!' Aeth Mam draw at y sinc wrth y ffenest a phwyso'i chefn yn ei herbyn. Amlwg nad oedd ymlacio i fod.

'Gym'ri di banad o de?'

'Snam dŵr yn teciall!'

'Na, dwi'n iawn, Mared, diolch yn fawr iti.'

'Ne lasiad o win blodyn sgawan? Ma' 'na ddigon o hwnnw!' At ei mam yr anelai'r frawddeg olaf, yn gyfeiliant i'r edrychiad caewch-eich-blydi-ceg-ddynas-a-byddwch-yn-fwy-sifil.

'Wel, mi gym'ra i lasiad 'ta, un sydyn, ond wna i ddim ista chwaith.'

Gwnaeth Mam sŵn tebyg i 'Na' o dan ei gwynt, cystal ag awgrymu, 'Chest ti ddim cynnig beth bynnag!', a symudodd i hawlio'r gadair freichiau wrth y tân, fel pe bai'n rhybudd i Harri beidio â newid ei feddwl.

'Ar fy ffordd adra o'r ffair g'langaea o'n i.'

'Oedd honno heddiw oedd hi? Bechod na faswn i wedi cofio ne mi faswn i yno fy hun.'

Cododd yr hen wraig ei golygon a brysiodd Mared ymlaen.

'Sut oedd hi yno?'

'Dienaid iawn. Dydi Hirfryn ddim fel bydda fo. Rhyw ffatrïoedd newydd wedi tyfu yno nad oes a wnelo nhw ddim byd ag amaethyddiaeth, wel 'di. Dyna pam, 'swn i'n ddeud, ma'r ffair 'di mynd yn beth mor sâl yno. Pharith hi ddim yn hir iawn eto, gewch chi weld.'

'Rheitied peth hefyd! 'Snam angan ffeiria fel 'na bellach.' Poerodd Mam i lygad y tân a thaflu blocyn o goed i'w ganlyn. 'Isio i bawb aros adra sy. Pawb i sticio i'w le'i hun ddeuda i.'

'Wel ia . . . hm . . . Gwell i minna'i throi hi ma'n debyg. Mae wedi bod yn dda'ch gweld chi eto.' Ar Mared yr hoeliai ei lygaid.

Ebychiad gwyntog a diamynedd arall o gyfeiriad y lle tân.

'Wel, da boch chi 'ta.'

'Hwyl iti, Harri. Diolch iti am alw. Mi ddo i draw at . . .'

'Mared! Dwi am iti godi matin yr aelwyd 'ma, i ysgwyd y llwch ohono fo.' Doedd dim angen iddi ychwanegu '*rŵan*'; roedd yr awgrym hwnnw'n drwm yng ngoslef ei llais. Doedd hi ddim am i Mared ddanfon eu hymwelydd at y giât.

'Wel, ia. Hwyl 'ta!' Ac roedd Harri wedi mynd, ac ogla Llwyn-crwn efo fo.

'Blydi hel, ddynas!' Dechreuodd Mared wthio cadair a bwrdd yn ffyrnig oddi ar y matin oedd gymaint o angen ei llnau. 'Ers pryd uffar 'dach chi 'di dechra sylwi fod angan llnau'r lle 'ma?'

Ac am unwaith, hi gafodd y gair ola, ond dim ond am fod Mam eisoes wedi cael ei buddugoliaeth ac yn fodlon ar honno. Wel, bron yn fodlon, oherwydd wrth i Mared lusgo'r matin allan i'w ysgwyd ar y buarth cyn ei frwsio ar wal y berllan, fe dybiodd glywed un ebychiad arall o gyfeiriad yr aelwyd, rhywbeth tebyg i 'Pry cachu!'

*　*　*　*

Sgyrtiodd Robin ei gefn wrth deimlo'r oerni'n cydio ynddo. Roedd dafnau o law yn hongian o big ei gap a diferyn gloyw arall yn cronni ar flaen ei drwyn. Sychodd hwnnw efo llawes ei gôt a chychwynnodd yn ddiawydd yn ôl am y tŷ.

Roedd y niwl yn dal yn drwm ac isel a'r glaw mân yn gwlychu mwy nag erioed. Doedd dim sôn am na llech-wedd na chae nac anifail a doedd y coed ond sgerbydau tywyll ac arallfydol yn y llwydni.

Penderfynodd ddychwelyd heibio i'r pistyll bach yn nhalcen isa'r tŷ ac yna trwy'r berllan. Câi felly osgoi'r llofft stabal. Tra oedd o'n synfyfyrio ar ei glwyd fwsoglyd ar lan Nant Goediog daethai hunlle'r nos yn ôl iddo a doedd dim dianc rhagddi wedyn.

Erbyn iddo gyrraedd cornel isa'r berllan roedd y glaw yn treiddio i lawr ei war a thrwy frethyn ei siaced dynn. Gallai deimlo'r oerni'n mynd trwy'i wasgod a'i grys. Safodd wrth y pren gellyg a syllu i'r gornel lle'r oedd carreg fawr wen yn gorwedd yn y gwair.

Na, dydi hi ddim yn goch, meddai wrtho'i hun gyda pheth rhyddhad wrth i hunlle'r nos lifo'n ôl. Fy hen facha i sy'n goch . . . a bacha Mam . . . O ia, ma' dwylo Mam yn gochach na rhai neb.

Daeth ato'i hun wrth glywed sŵn giât y buarth yn cau ar ei chlicied ac yn fuan wedyn sŵn brwsio ffyrnig o gyfeiriad drws y tŷ.

Daeth plwc o disian drosto. Roedd arno awydd smôc ac am unwaith dewisodd y tŷ a'r tân yn hytrach na'r sgubor am ei fygyn.

* * * *

Nos Sadwrn 10 Tachwedd

Rwy'n siŵr bod Robin yn gwaethygu. Mae arnaf ofn ei lygaid yn ddiweddar. Nid wyf yn siŵr beth a welaf ynddynt, ai gorffwylledd ynteu atgasedd pur. Fe welaf y cyhuddiad yno o hyd, a'r euogrwydd. Ni all ddianc rhag ei euogrwydd, hyd yn oed berfedd nos, ond rhaid iddo ymgodymu fel y gweddill ohonom. Mae'r cynnwrf yno o hyd hefyd. Fe'i gwelais yn ei lygaid wedyn neithiwr. Na, all y ffŵl gwirion ddim dianc rhagddo ef ei hun.

Fe gafodd blwc go ryfedd ar y buarth bore 'ma ond doedd bosib ei gael i drafod y peth wedyn. Does dim fedr Mam na minnau ei wneud felly.

Fe gadwodd o'r ffordd gydol y pnawn a bu'n sefyllian yn y berllan pan oedd y glaw ar ei waethaf. Mi wn i pam mae o'n mynd yno ond wiw imi dynnu sylw Mam at y peth neu fe â honno'n lloerig. Hi sy'n iawn. Gwell cadw draw o'r berllan, er tawelwch meddwl a heddwch aelwyd. Gwell anghofio hefyd, a chladdu gofidiau cyn belled ag y mae hynny'n bosib.

Galwodd Harri Llwyn-crwn tua hanner awr wedi tri, ar ei ffordd adref yn gynnar o Hirfryn, o'r ffair glangaea. Y ffair wedi mynd yn beth sâl, medda fo, wedi dirywio'n arw. Nid dyna'r unig beth i ddirywio. Mae'r Cwm yn dirywio ers blynyddoedd, byth oddi ar gwerthu Dôl-haidd a Chae'rperson i Saeson. Fu ysgol fach Rhyd-y-gro fawr o dro'n cau wedyn a chapel Gilgal yn fuan ar ei hôl. Mae'r Cwm yn marw ar ei hyd, chwedl Harri.

Roedd yn dda bod yng nghwmni Harri unwaith eto. Syn, a deud y gwir, ei fod yn galw o gwbl, rhwng popeth, o gofio'r hyn sydd wedi digwydd ac o ystyried agwedd Mam tuag ato fo. Roedd hi fel y Gŵr Drwg ei hun bnawn heddiw. Ond dyna fo, does neb arall yn troi i mewn i Arllechwedd 'ma mwyach, ac eithrio ambell drafaeliwr bwydydd nad yw'n gyfarwydd â ni a does 'run o'r rheini'n galw eilwaith. Mae'n debyg bod Mam yn ystyried Harri yn rhan o'n hanes ni fel teulu, yn dyst i'n gwarth fel petai, er na ŵyr o mo'i hanner hi mewn gwirionedd. Ys gwn i pryd y gwêl ei ffordd yn glir i alw yma eto? Does dim rheswm pam y dylai alw o gwbl. Mae wedi hen chwerwi a bodloni ar fod yn ddi-wraig a dietifedd. Ac eto . . .

Ti, ddyddiadur bach, yw fy nihangfa i ac mae 'nyled am hynny i Miss Ellis fach yn yr ysgol 'slawer dydd am fy siarsio i'th gadw'n gronicl. Roedd Robin yntau, er yn hŷn, yn yr un dosbarth ond go brin . . . Fi oedd ei ffefryn hi. 'Deunydd llenor', dyna'i geiriau; ac rwy'n cofio pob gair! 'Mynegiant graenus, geirfa gyfoethog, arddull dda . . . Mae cadw dyddiadur yn ymarfer cynildeb; meistroli'r defnydd o'r person cyntaf; yn gyfle i gofnodi'r meddyliau mwyaf personol a'r cyfrinachau i gyd.' Y cyfrinachau i gyd! A chefaist tithau sylw deddfol byth oddi ar hynny . . . Mae'r dyddiau pell hynny wedi mynd yn bethau annelwig iawn yn niwl y blynyddoedd ond does raid imi ond troi dy ddalennau i ail-fyw'r cyfan. Ond wna i mo hynny! Wna i byth mo hynny! A chaiff neb arall chwaith!

Gobeithio y gall Robin fyw gyda'i gydwybod, am heno o leiaf.

2

'Roedd Harri'n deud mai ffair sâl iawn oedd 'na ddoe, Robin.'

Cuchiodd y fam uwchben y dorth anwastad a chododd y gyllell i bwyntio'n ddiamynedd:

'Cadw dy lygad ar yr uwd 'na'n ffrwtian, wnei di, ac anghofia am yr Harri Llwyn-crwn 'na. Dyna'r trydydd tro iti grybwyll 'i enw fo bora 'ma a dydan ni ddim eto wedi ista i frecwast. A be s'arnat titha? Rwyt ti'n edrach yn drwmbluog ar y naw!'

'Isio 'mwyd ydw i, fel y medra i fynd at 'y ngwaith.'

'At dy waith? At dy waith, ddeudist ti? Ar y Sul? Hy! A be sgin ti i'w neud, felly, mwy nag a wnest ti ddoe? Wela i ronyn o dy ôl di ar ôl ddoe beth bynnag. Dydi'r bwlch yn y gwrych rhwng Cae Top a'r Borfa Mynydd yn mynd ddim llai wrth i ti ista ar dy din yn y sgubor yn mochal glaw, ac ma' gen i gwilydd i unrhyw un sy'n ymweld â'r lle 'ma daro'i lygad ar y buarth. Pwy fasa'n 'u beio nhw am dybio mai rhyw dŷ Jeroboam o le sy 'ma?'

'*Ymweld*, ddeudsoch chi, ddynas? Ymweld? Enwch un, dim ond un sy'n ymweld â'r lle 'ma. A phwy ond chi sy'n gyfrifol am hynny?'

'Paid â bod mor barod dy dafod, 'ngwas i. Harri Llwyn-crwn! Ddoe ddwytha! Dyna iti un!'

'Am faint? Deng munud? A phryd y gwelwn ni o eto, tybad? A pham mae o wedi cilio cymaint ers blynyddoedd? Y? Ma' Mared yn gwbod. Gofynnwch iddi hi.'

'Cofia mai efo dy fam rwyt ti'n siarad, y cythral! Does dim rhaid i Mared ddeud wrtha *i*, o bawb, am Harri Llwyn-crwn. Diolch 'i fod o'n cadw draw, ddweda i. Diolch fod 'na rai petha nad ydi o'n gwbod dim amdanyn nhw'n de? Mi ddyliat ti, o bawb, gytuno efo hynny. Wedi'r cyfan, roedd 'na amser pan oeddat titha'n falch 'i fod o'n cadw o 'ma, mwya'r cwilydd iti!'

Bu'r ergyd yn ddigon i yrru Robin i'w blu. Ymosododd yn ffyrnig ar yr uwd berwedig a sodrwyd mor ddiseremoni o'i flaen gan ei chwaer. Roedd hithau'n corddi, hyd nes bod gwrychyn y ddafaden yn plycio ar ei boch. Sychai'i dwylo'n egnïol yn ei barclod. Methodd atal ei thafod.

'Ydan, 'dan ni i gyd yn gwbod pam fod raid cadw Harri draw. Ofn, cwilydd, gwarth. Galwch chi o be liciwch chi, ond dyna oedd o! Ofn i Harri ddŵad i wbod amdano *Fo* yn y llofft stabal! Ofn iddo fo ddŵad i wbod am . . .'

'Cau dy geg! Wyt titha'n gorffwyllo? Ma'r lembo 'ma o

frawd sgin ti'n ddigon! Fe wnaed be wnaed er eich lles chi'ch dau.'

'Er ein lles *ni*? Be uffar 'dach chi'n feddwl, *er ein lles ni*?' Trawodd Robin y llwy mor ffyrnig yng ngweddill yr uwd hyd nes gyrru crac arall i lawr ymyl y ddysgl.

'Cymer ofal o'r llestri 'na'r cythral! Ifan oedd bia'r rheina! Llestri 'di bod yn y teulu 'ma ers oesoedd a rhyw ddiawl digydwybod fel chdi yn 'u hamharchu nhw.'

'Ifan! . . . *Dewyrth* Ifan! Dewyrth! Ia, cofia'i alw fo'n dewyrth, Mared!' Trodd i edrych ar ei chwaer, ei lygaid a'i lais yn llawn dynwarediad a gwatwar. Dibynnai ar ei chefnogaeth hi.

'Robin! Ar boen dy fywyd, paid â deud gair pellach. Dim gair!' Roedd ei fam wedi ymestyn i'w llawn daldra ac er ei byrred wedyn, ni ellid anwybyddu cryndod ei thymer.

Gwelodd Robin yr arwyddion, cododd yn sorllyd ac eto'n fodlon fod ei saeth yntau wedi cyrraedd ei nod, trawodd ei gap ar ochr ei ben ac aeth allan i'r niwl gan adael y ddwy, am unwaith, yn fud.

Chwythai'r gwynt yn egr ac yn llaith drwy'r llwydni cynnar, ac ynddo hefyd roedd y cwynfan cyfarwydd, pell. Sŵn enaid ar gyfeiliorn.

Fel hen gi'n marw, meddai Robin wrtho'i hun. *Y cradur bach! Mi fasa'n garedicach 'i roi o allan o'i boen . . . 'Dan ni fel teulu wedi dysgu'r wers honno, siŵr gen i.* Roedd chwerwedd ei feddyliau wedi rhoi cuwch ar ei wyneb garw. *Ar Mam ma'r bai. Ar Mam ma'r blydi bai!*

Camodd yn fustlaidd heibio i risiau'r llofft stabal gan adael i'r gwynt gipio'r griddfan torcalonnus a'i gludo oddi wrtho tua'r tŷ. 'Sut uffar y medar hi fyw efo'r peth, dwn i ddim . . .' Oedodd, ac yna ychwanegodd, yn fwy ystyriol, 'Ond ma' gynnon ni i gyd ein croes i'w chario.

Tyrd o 'na Mic!' A phlygodd i ryddhau'r hen gi oddi ar ei gadwyn. Ymestynnodd hwnnw'n araf a chryd cymalog cyn dilyn yn anfoddog tua'r llechwedd uwchlaw'r tŷ.

* * * *

Tua chanol y bore daeth llawr y Cwm i'r golwg am fyr o dro a sythodd Robin ei gefn yn ddiolchgar i syllu arno. Roedd bwlch y gwrych wedi'i gyfannu bron a Chae Top eto'n garchar i'r ddiadell ddilewyrch.

'Chrwydran nhw ddim o'u cynefin y gaea yma . . . a fydd Mam ddim hannar mor barod 'i cheg chwaith.'

Oddi tano, mewn llwyn o dderi a masarn, gallai weld to mwsoglyd Arllechwedd a'r mwg yn cael ei gipio a'i chwalu o geg y corn. Sgubid ambell bluen hir o niwl o flaen y gwynt i fyny'r Cwm a thrwyddynt câi Robin gip o bentre Rhyd-y-gro, tua milltir go dda i ffwrdd. Trigain neu ragor o dai yn glwstwr a thafarn y Bladur Aur yn eu canol, yr eglwys ar y cyrion a'r sgoldy bach, am y clawdd â'r fynwent, wedi newid ei wedd 'rôl mynd yn ganolfan-awyr-agored i awdurdod addysg o Loegr.

Â'i lygaid dioglyd dilynodd ffordd gul y Cwm cyn belled â Phontypandy yn y pellter, lle diflannai i gyfeiriad Hirfryn. Sylwodd fod ei thaith o'r pentre i lawr—yn wahanol i hynt afon Dwysarn—yn weddol syth a didram-gwydd.

Ar hyd cwrs yr afon y daeth llygaid Robin ag ef yn ôl i fyny'r Cwm. Roedd ei dŵr gloyw yn nadreddu rhwng ponciau anwastad gan fwyta'n gyson i'w glannau graean.

O berfeddion ei gof yn rhywle daeth llais yn ôl i Robin, llais a berthynai i ddyddiau atgas y sgoldy bach: 'Ers talwm, mi fyddai rhan isa'r Cwm 'ma i gyd o dan ddŵr; ond wrth i'r ddaear symud mi gafodd y tir 'i godi o waelod y môr. Dyna pam 'ma cymaint o raean a chregyn ac ati i'w gweld ar wynab y tir.'

A chofiodd Robin y rhyfeddod ar wynebau'r dosbarth wrth wrando ar Mr Pritchard-Standard-Five. Gwil Siop â'i sbectol-gwaelod-pot-jam ar flaen ei drwyn a Meri Coed-du ac eraill yn gegrwth yn eu desgiau yn gwrando ar y fath rwdl. Miliynau ar filiynau o flynyddoedd yn ôl . . . Ac ynta, Robin-Dewyrth-Ifan, yn gofyn yn ddiniwed, 'Dach chi'n 'i gofio fo, syr?' ac yn cael cansen filain am fod mor hy. Ond roedd yn well ganddo hynny nag i bawb sylweddoli'r gwir; gwell cansen am hyfdra na bod yn gyff gwawd am fod yn dwp. A chyff gwawd fydda fo wedi bod, doedd dim sicrach, pe bai Mr Pritchard-Standard-Five wedi bod yn ddigon craff i weld bod y cwestiwn yn un didwyll. Cyff gwawd mewn congl. Un felly oedd y Sgŵl, cofiodd Robin, parod i daro plant bach, os nad efo'i gansen, yna efo'i dafod. Yr hen sinach uffar!

Pedair ffarm oedd yn y Cwm. Ar y llethrau o boptu'r pentre ac yn wynebu'i gilydd roedd Cae'rperson a Dôl-haidd, eu tir yn cyfarfod yn afon Dwysarn ac yn ymestyn i lawr i gyfeiriad Hirfryn.

Ac yna, y tu ucha i Ryd-y-gro, Arllechwedd a Llwyn-crwn, yr ola o'r ddau yn swatio yng nghesail y Graig Wen a'r Grawcallt ym Mlaen-cwm. Roedd tir Harri a thir Robin hefyd yn cyfarfod yn afon Dwysarn ac yn cael ei wahanu ar y cyrion ucha gan borfa gomin Rhos Gutyn a'r Grawcallt.

Tir sâl ar y naw sy ar y Graig Wen 'cw, meddyliodd Robin gan syllu ar y llechwedd gyferbyn a sylwi fel yr âi'n fwyfwy serth wrth nesáu at y grib lle'r oedd y garreg wen yn brigo i'r wyneb. Pe bai'n onest ag ef ei hun, fe wnâi'r un sylw am yr Allt Goch hefyd. Digon caregog a rhedynog oedd hithau ond bod gwell graen a mwy o ôl trin arni lle'r oedd tir Dôl-haidd yn cychwyn.

Tra daliai Robin-Dewyrth-Ifan i syllu'n freuddwydiol roedd tri sbecyn du yn croesi buarth Dôl-haidd.

Dwn i ddim eto pwy ddiawl sy'n byw yn fan'cw, meddai wrtho'i hun, a goslef ei lais mewnol yn rhoi pwyslais ar yr *eto*. (Yn ddiweddar yr oedd eu cymdogion newydd wedi cyrraedd). Mwy nag yng Nghae'rperson o ran hynny, meddyliodd wedyn. Saeson ma'n siŵr! A theimlodd ddicter yn cronni'n goch yn ei ben.

Roedd y tri sbecyn du yn anelu am yr afon a'r rhyd isa.

O'r pentre i fyny cydredai'r ffordd ac afon Dwysarn yn unionsyth i ben ucha'r Cwm, y naill i gael ei llyncu'n derfynol gan fuarth Llwyn-crwn a'r llall i chwalu'n fân ffrydiau a noddid gan gorsydd a sugneddau'r Grawcallt.

Oedi efo'r adeilad bach ar fin y ffordd yn union islaw wnaeth llygaid Robin fodd bynnag. Capel Cilgal. Ond ei fwriad i wasanaethu cymdogaeth rhy wasgarog bellach yn chwilfriw. *The Haven* oedd ei enw mwyach, ei blaender llwyd sobreiddiol gynt wedi diflannu tu ôl i baent claerwyn a ffenestri diurddas.

'Blydi Saeson!' Cipiwyd ei eiriau gan y gwynt i gyfeiriad byddar y tri siâp du oedd erbyn hyn yn gogr-droi ymysg y ponciau graean. 'Blydi Saeson!' meddai'n uwch. Ac yna, o droi a syllu i fyny'r Cwm tua Llwyn-crwn, 'Ond ma'n *nhw* o leia'n meindio'u busnas.'

Clywed yn hytrach na gweld yr awyren a wnaeth. Honno'n gwibio'n fyddarol isel i fyny'r Cwm cul gan anesmwytho'r fuches ar y Weirglodd Isa a pheri i galon Robin roi tro yr un pryd. Roedd hi wedi diflannu dros y Grawcallt cyn iddo gael ei wynt ato.

'Damia chitha hefyd!' Ond protest ddi-fudd oedd honno hefyd.   *   *   *   *

Chwarddodd Mared i'r ffenest wrth weld cap Robin yn syrthio i'r gwlybaniaeth drewllyd. Buasai ei brawd wrthi oddi ar ginio yn fforchio ac yn rhawio'r tail yn ei ôl i frig y domen. Mae o'n benderfynol o gau ceg Mam heddiw, meddyliodd. Mae'r creadur yn moeli hefyd, sylwodd.

Roedd gwallt tenau Robin, 'rôl dianc rhag y cap, wedi syrthio'n llipa dros ei dalcen a'i glustiau gan amlygu'r rhan fwyaf o groen y pen. Sylwodd hefyd ar arwedd ei wyneb, y trwyn oedd yn rhy fawr, yr aeliau trwchus a'r gweflau llac. Mae o wedi mynd yn flêr efo fo'i hun, meddyliodd. Ma'n ormod o draffarth ganddo fo siafio'n amlach na newid 'i drôns . . . Ond mae o'n hen labwst cry hefyd, os ydi o braidd yn ddiniwad. Ma' 'na gorff solat arno fo, solat iawn!

'Be sy mor ddigri 'lly?'

'Cap Robin ddaru ddisgyn i'r doman a mi fu bron iddo fo roi'r fforch drwyddo fo.'

'Hy! Sut ffarmwr ydi dyn sy â'i doman dail o'n uwch na drws 'i feudy?'

Ar hynny, agorodd hi'r drws a gweiddi, 'Be ma' tail yn dda mewn toman? Pam nad ei di â fo allan ar y caea i'w chwalu fel ma' pob ffarmwr arall yn 'i neud?'

'Efo be, ddynas? Yn 'y mhocedi?'

'Be 'di hanas y tractor?'

'I hanas o? Fe wyddoch 'i blydi hanas o! Wedi malu'n dydi . . . ers misoedd!'

'Wel, gan nad wyt ti'n ddigon o ddyn i'w drwsio fo dy hun, pam nad ei di â fo i lawr at Sam Preis yn Rhyd-y-gro?'

'Ar 'y nghefn, ma'n debyg? Dydi'r blydi peth ddim yn mynd, ddynas! A cheith Sam Preis na neb arall ddŵad yma i gael golwg arno fo, na cheith? Be uffar wna i os nad oes posib symud Moses na'r blydi mynydd?'

'Hy! Dwyt ti ddim hannar y dyn oedd dy . . . dy

ddewyrth Ifan. Fasa'r tractor ddim wedi bod yn segur fawr o dro pe bai o . . .'

'Dewyrth o ddiawl!'

'Wel dyna oedd o! Brawd 'nhad!'

'A mwy, ddynas! A mwy!'

Rhoddodd Robin y gorau i'w orchwyl wrth glywed clep y drws. A dihangodd sŵn o'r lloft stabal, yn gymysgedd o fwmian undonog a chwyrnu cras.

* * * *

Roedd y gwynt wedi gostegu a'r niwl wedi ailhawlio'r wlad. Roedd yn llwyd dywyll am bedwar o'r gloch y pnawn ac yn dywyll lwyd ymhell cyn pump, pob sŵn wedi'i fygu a bref pob dafad yn perthyn i fyd arall. Ar ôl swper aethai Robin allan i'r cwt i nôl blocyn sych o hen foncyff ac erbyn hyn roedd hwnnw'n mudlosgi'n fyglyd. Pesychodd mewn cwmwl sydyn o fwg taro a deffrodd o'i gyntun. Roedd ei fam a Mared yn dal i hepian. Cododd a thrawodd swits y golau fel bod y stafell yn dywyll ond am olau prin y tân a llwydni'r ffenest ddilenni. Gwell oedd ganddo'r ddwy yn cysgu; câi lonydd felly.

Ar ôl estyn ei dun baco eisteddodd drachefn i rowlio sigarét amrwd rhwng bodiau rhy fawr gan ofalu pigo pob edefyn o faco cyfeiliorn oddi ar ei lin i'w roi'n ôl yn y tun. Dyma orig orau'r dydd. Cael bod yn segur-gyfforddus yn y tŷ a chael llonydd yr un pryd. Gwrandawodd yn fodlon ar anadlu rheolaidd ei fam a Mared. Yr hen wraig â'i gên yn ddwfn yn ei brest; ei gwefus isaf, trwy hongian mor bwdlyd, yn ffrwtian yn swnllyd gyda phob anadliad; ei dwylo ymhleth ar ei glin. Sylwodd Robin â diflastod ar flew ei gwefus uchaf a chyda llai o ddiddordeb ar y baw oedd wedi'i bannu i'w dwylo geirwon. Lledorweddai

Mared rhwng cadair a bwrdd, ei breichiau, o'r penelin-oedd i lawr, yn cynnal ei phen ac yn gorchuddio'i llyfr agored, a'r cyfan, sut bynnag, wedi'i orchuddio gan drwch ei gwallt.

Plygodd i godi sbrigyn o bren sych oddi ar yr aelwyd a'i wthio i'r fflam. Gwyliodd y coedyn yn cael ei ysu'n gyflym cyn ei godi'n frysiog at y sigarét yn ei geg. Fflamiodd papur honno am eiliad hir a thrwy'r fflam rhoddodd ei galon dro. Trwy'r gwydr llychlyd dilenni gyferbyn roedd wyneb yn syllu arno. Wyneb main, gwelw mewn cynhinion o wallt caglog brithgoch a barf denau, laes. Yn y geg agored, pytiau o ddannedd melynfrown, a'r gwefusau llaith a chig y geg yn atgas goch. Gwibiai tafod melynwyn yn ddi-baid i lyo'r gweflau glafoeriog. A llygaid gloyw, gwyllt; llygaid gwag, ar goll mewn cleisiau duon mawr. A'r niwl marwaidd yn gefndir.

Gyrrwyd y tun baco i glindarddach ar y ffendar bres wrth i Robin neidio'n stwrllyd ar ei draed.

'Be 'di matar? Be gythral sy'n bod?'

Roedd y ddwy'n gwbl effro'n syth a throesant i ddilyn llygaid anghrediniol Robin. Ond roedd y ffenest yn wag, a'r rhith wedi cilio i'r niwl.

'Be s'arnat ti? Dwêd rwbath yn lle rhythu'n hurt!'

'D . . . dwn i ddim! Y *Fo*?'

Heb air, rhuthrodd Mared am y drws.

*   *   *   *

Nos Sul 11 Tachwedd

Diwrnod cythryblus a deud y lleia. Mae Robin yn siŵr o fod yn caledu tuag at Mam ac yn fwy hy o lawer nag y bu. Mi weithiodd fel mul drwy'r dydd i roi taw ar ei hedliw hi ond nid ar chwarae bach y gwneith o hynny. Tynnu'n groes ydi'i phetha hi a phan ddaeth Robin at ei ginio yn bytheirio ynghylch y Saeson sydd wedi hawlio'r ardal 'ma, mi fu hi'n dadlau o'u plaid. Cyfle iddo yntau wedyn, wrth gwrs, gael taflu'i lach ar ei chymhellion. Roedd Robin yn llygad ei le ond mae Mam yn iawn hefyd. Fe gawn ni fwy o lonydd gan y Saeson. Dydyn nhw'n gwybod dim o'n hanes ni a ddôn nhw ddim i fusnesu.

Mae'n feiddgar yn y ffordd mae o'n cyfeirio at Dewyrth hefyd a fedra i ddim deall pam ei fod mor chwerw. Wedi'r cyfan, mi fu Dewyrth yn ffeind iawn wrth Mam pan oedd hi'n iau, a rhoi cartref iddi yma yn Arllech-wedd. A ni biau'r lle rŵan! Methu anghofio clebar pobol dafodrydd pan oedden ni'n ifanc y mae Robin. Anodd gen innau anghofio hefyd, yn enwedig ambell hen ensyniad hyll, ond fydda i ddim yn corddi cymaint â fo. Er enghraifft, mi fedraf weld mor glir â phe bai wedi digwydd heddiw y ddau ohonom yn mynd i'r Band o' Hope yn Gilgal 'slawer dydd. Does bosib bod Robin yn fwy na rhyw naw oed ar y pryd, minnau felly'n wyth. Yr hen sinach Isaac Thomas Ty'n-bryn, pen blaenor, yn llenwi'r drws o'n blaen fel pe bai am wrthod mynediad. 'Mae'r annaturiol yn creu'r annaturiol,' medda fo trwy'i ffroenau uchel, 'a phechod yn dwyn ei ddial ei hun. Cym-deithion mynwesol ydi llosgach a gorffwylledd.' Pwy bynnag oedd ei gynulleidfa ar y pryd, ni'n dau oedd testun ei sgwrs.

Fe seriwyd ei eiriau diystyr ar fy meddwl ifanc mor rhwydd ag y glynai ambell adnod. Mae Robin yn cofio hefyd, rwy'n gwybod. Erbyn heddiw mae arwyddocâd y geiriau yn fyw iawn imi. Dyna pam y pryder o weld yr olwg yn llygaid Robin weithiau. Mae'n gallu f'atgoffa am Fo. Dyna pam hefyd y gallaf ryw lun o werthfawrogi penderfyniad digyfaddawd Mam bymtheng mlynedd yn ôl—ond mater arall yw medru maddau!

Arna i roedd y bai fod Robin druan wedi cael ei ddychryn gymaint heno. Fe anghofiais gloi drws y llofft stabal amser swper. Ddigwyddodd hynny erioed o'r blaen ond anodd gan Mam faddau'r esgeulustod serch hynny. Ac eto, fydd hi byth yn mynd ar gyfyl y lle ei hun—feiddith hi ddim! Fi sy'n gorfod gofalu am bob pryd iddo, ond wedi dweud hynny, fi ydi'r unig un gaiff fynd yn agos ato. Fi ydi'r unig un sy'n ei ddeall. Ydw, rwy'n ei ddeall yn iawn. Does ryfedd i Robin ddychryn, doedd o ddim yn ei nabod! Heb ei weld ers . . hydoedd beth bynnag. Ta waeth, fe ges afael arno, er gwaetha'r niwl—yn y berllan o bobman—ac mae'n ddigon saff rŵan.

3

'I'r pulpud, Robin Edwards! I fyny i'r pulpud i ledio d'emyn! Ymlaen â thi, ma' pawb yn d'aros, y gymdogaeth gyfan . . .'

Y pulpud bach yn wag ac yn eang, yn llawn arogleuon a thamp.

'Rhif yr emyn tri chant dau ddeg a phedwar.'

'Yn uwch, Robin Edwards! Yn uwch fel bod pawb yn dy glywed! Does gen ti ddim cwilydd, oes?'

'Rhif yr emyn tri dau pedwar.'

Gilgal dan 'i sang ac yn anfeidrol fawr. Ma'n nhw yma i gyd, y cenedlaetha a fu, yn edliw ac yn gwatwar, yn cyhuddo ac yn sgyrnygu . . .

'Lle ma'r hoedan dy fam? . . . Yn ymdrybaeddu yn 'i phechod ma'n siŵr. Lle ma' dy dad? Wyddost ti? Pwy ydi dy dad? Wyddost ti hynny 'ta? Dwed wrthon ni, y bastard bach! Lle? Pwy? . . . Bastard! . . . Bastard!'

'Rhif yr emyn tri dau pedwar:
> Wele fi, bechadur truan,
> Euog, aflan yn nesáu
> Gyda galar yn fy mhechod . . .

'Gwarth! Gwarth! Gwarth! Bastard! Bastard bach! Lle mae o, Robin Edwards? Rwyt ti wedi tyfu'n ddyn rŵan. Be wnest ti efo fo? Waeth iti heb â thrio cuddio yn y berllan.

Gwynab Mared yn y sedd flaen; hitha â'i dirmyg 'i hun: 'Be sy, Robin? Euog wyt ti? Bastard, o bawb, yn euog? Does dim rhaid iti fod. Edrach arna i!'

Mared yn fronnog noeth, ar lin Harri Llwyn-crwn, 'i gwallt yn chwyrlïo mewn gwynt mawr, ond does neb yn edrach arni hi, neb yn clŵad 'i gwatwar, neb yn gweld 'i gwarth! Ma' hi'n noeth yn y capal, yn ista ar lin . . . Dewyrth Ifan! Ond arna i ma' pawb yn sbio!

'Rwyt ti'n llofrudd, Robin Edwards! Yn llofrudd brwnt! Ac fe gei di dy grogi. Fe ddaw dy ddydd!'

Mam yn y sêt ôl yn cymeradwyo, yn nodio'i phen mawr, 'i gwefusa main, prysur yn llunio geiria aflan ond dim o'u sŵn i'w glŵad chwaith.

'Na! . . . Na!'

'Rhy hwyr i fod yn edifar. Mae'r unfed awr ar ddeg wedi hen fynd heibio. Ma' drws trugaredd wedi'i gau . . . a thitha'n rhodio yng nglyn cysgod anga . . . Dyfarniad y seiat hon yw iti gael dy gymryd i sgŵar Hirfryn ar ffair glangaea a'th roi yn nwylo'r holl Saeson yno, to be hanged by the neck until you are dead.'

'Naaaa! Naaaaaa! Dwed wrthyn nhw, Mared! Dwed rwbath o 'mlaid i! Maaareeeeeed!'

Chwerthin ma' Mared. A Harri Llwyn-crwn yn chwara efo'i bronna hi! A neb yn cymryd y sylw lleia ohonyn nhw! Ma' pawb yn rhy brysur yn sbio arna i ac yn chwerthin a gweiddi

'Hwrê' a nodio'u penna am fod y gwnidog wedi gneud y dyfarniad iawn. Fo ydi'r gwnidog! Fo efo'i wynab drych-iolaeth, 'i dafod yn gen gwyn drosto, yn llyfu'i wefla coch coch, a'r rheini'n glafoerio wrth iddo fo grechwenu. Na, nid poer ydi o . . . GWAED! A ma'n nhw'n mynd â fi i 'nghrogi, yn y pulpud bach, i ffair g'langaea . . . yn y berllan . . . a ma'n nhw'n taflu'r rhaff dros gangan y pren gellyg . . . 'Naaa! Naaaaa!' . . . Dolen y rhaff yn galad ac yn drwm ar fy ngwar . . .

'Saf ar y garrag 'ma, Robin Edwards . . . saf ar y garrag.'
'Na! Nid ar y garrag . . . nid y garrag wen!'
'Ia! Carrag dy bechod . . . pechod dy chwaer . . . pechod dy fam! Ac yn awr ma'n rhaid iti neidio! Neidio hyd nes bydd y rhaff yn gwasgu. Neidio i neud iawn. Neidio'n syth i Ddydd dy Farn. Neidia!'
'Naaaaaaa!'
Ma'r rhaff wedi torri 'ngwddw, a'r gwaed yn rhedag yn oer oer dros 'y ngwynab . . . a 'ngwallt . . . a 'nghlustia.

'Deffra! Tyrd, deffra! Ne mi gei di gwpanad arall o ddŵr oer ar dy ben.'

Ei fam yn gwyro'n fygythiol drosto; Mared yn hofran rywle yn y cysgodion tu ôl iddi.

'Be sy'n bod arnat ti, dwad? Tri o'r gloch y bora! Rwyt ti'n colli arnat dy hun yn lân.'

'Dyna sy'n digwydd!' Llais Mared. 'Ma' gen i ofn 'i fod o'n dechra gwallgofi.'

Trodd y fam arni fel sarff. 'Paid â meiddio! Paid â meiddio defnyddio'r gair yn y tŷ yma, wyt ti'n dallt?'

'Dyna ddeudsoch chi'ch hun echnos . . .' cychwynnodd yn wan ond tawodd wrth weld y rhybudd mud yn fflam y llygaid.

Y corff tal, gosgeiddig yn crino yng ngwres tymer y

31

stwcen flêr o wraig yn ei choban býg. Chwythodd ei thrwyn yn ffyrnig i guddio'i hanghysur a chiliodd i'w llofft ei hun, gan adael ei mam i fytheirio ymlaen wrth erchwyn gwely Robin.

* * * *

'Da'ch chi'n credu mewn sbrydion?'

Roedd Robin newydd fynd allan i 'setlo'r blydi tractor unwaith ac am byth' ac un o'r ieir wedi gwthio i mewn heibio iddo yn y drws agored. Sythodd yr hen wraig ar ei gliniau ar yr aelwyd a syllu'n chwilfrydig i gyfeiriad ei merch. Roedd honno'n pentyrru'r llestri budron yn y sinc a chan nad oedd yn ymddangos yn rhyw eiddgar iawn am ateb i'w chwestiwn aeth ei mam ymlaen â'i gorchwyl o gynnau'r tân.

Am na ddaeth gair yn ôl, trodd Mared yn ddisgwylgar i edrych arni, ar ei chefn fel y plygai yn y grât, ei gwallt brith yn rhydd o'r peli tynn arferol ac yn llwyn gwyllt na welsai eto grib y bore. Neidiodd yr hen iâr ar y ffendar o'i blaen a chael ei sgubo'n ddiseremoni o'r neilltu â chefn llaw ddu.

'Cer o'r ffordd, cyn imi roi tro yn dy wddw di!'

'Cyw a fegir . . .' meddai Mared, gan sylwi ar y bud-reddi oedd wedi pannu i groen dwylo'i mam. Nid oeddynt lawer glanach hanner awr yn ôl pan oeddynt yn torri'r bara menyn at frecwast.

'Cyw a fegir o ddiawl! Mi geith fynd i uffarn yn gynt na'r disgwyl os nad eith hi i rwla o'r ffordd!'

'Dach chi'n coelio mewn sbrydion?'

'Ti 'di gofyn hyn'na unwaith.' Plygodd â'i thrwyn at farrau'r grât a dechrau chwythu cochni eirias i'r papur o dan y coed.

'Wel?'

'Pam ti'n gofyn?'

'Neithiwr . . . dwi'n meddwl 'mod i . . . 'mod i wedi . . .
nid am y tro cynta . . . wedi gweld . . . ' Sut oedd mentro?
Beth fyddai ymateb ei mam?

'Ifan . . . Ysbryd dy Ddewyrth Ifan.' Mynegi ffaith, nid
cwestiwn.

'Sut oeddach chi'n gwbod?'

Stryffaglodd y fam ar ei thraed gan duchan a sychu'i
dwylo yn ei ffedog fras yr un pryd. Roedd ei sanau *lyle*
blewog yn dorchau am ei fferau chwyddedig.

'Ers pryd mae o'n dŵad atat ti?'

Cwestiwn rhyfadd, meddyliodd Mared. Ma' hi'n swnio'n
flin. 'Dŵad ata i?' gofynnodd. 'Ia. Pryd ddaru o ymddangos
gynta iti?'

'Neithiwr oedd y trydydd tro. 'Dach chi wedi'i weld o?'

'Yn lle? Lle gwelist ti o?'

'Ar y landin! Pan es i'n ôl am yn llofft wedi inni gael ein
deffro gan Robin. Roedd o'n sefyll ym mhen draw'r
landin . . . Welsoch chi o?'

'Y trydydd tro, ddeudist ti. Lle arall welist ti o? Pryd?'

Dydi hi ddim am ateb, meddyliodd Mared. 'Mi welis i o
gynta dair wsnos yn ôl. Mi ddeffris ganol nos, a roedd o'n
sefyll ar y landin yn sbio i mewn i'r llofft.'

'Pam nad oeddat ti wedi cau drws dy lofft?' Cwestiwn
blin eto.

'Dwi'n siŵr 'mod i wedi gneud. Dwi'n meddwl mai fo
agorodd o.'

'A'r ail dro?' Yr un mor swta!

'Wsnos dwytha . . . nos Fawrth. Roedd o'n gwylio
Robin allan ar y buarth. Mi biciodd Robin allan i'r beudy
wedi iddi dwllu. Ro'n i'n sefyll wrth y sinc yn golchi'r
llestri swpar a mi gwelwn i o wrth risia'r llofft stabal. Fe
ddilynodd o Robin efo'i lygid yr holl ffordd yn ôl i'r tŷ ond
dwi'n siŵr na welodd Robin mono fo.'

'Dychmygu'r wyt ti!' Cydiodd y fam yn ddiamynedd yn y bwced wrth y drws ac aeth allan i fwydo'r ieir ar y buarth.

*　*　*　*

'Lle ma' Mared?'

'Lle buost ti mor hir cyn dŵad am dy ginio? Ma' hi bron yn ddau!'

'Mi fues i lawr yn Rhyd-y-gro yn gweld Sam Preis. Meddwl cael 'i farn o ar y tractor.'

'Be ddeudodd o?'

'Rhy brysur i ddŵad i'r golwg.'

'Hy! Llawn cystal! Rhy fusneslyd hefyd. Doedd gen ti ddim busnas i ofyn iddo fo yn y lle cynta. Rŵan, byta dy ginio, os wyt ti'i isio fo.'

Platiaid o datws wedi hanner eu crafu a'u stwnsio, a lwmp o fenyn wedi hen droi'n llyn yn eu canol.

'Roedd o mewn sgwrs efo ryw Sais ar y pryd. "Ma' hwn yn fecanic da," medda fo, a chyn imi gael deud dim dyma fo'n gofyn i hwnnw fasa fo'n medru dŵad i olwg y tractor. Ac ar ôl gofyn dyma fo'n troi ata i ac yn deud yn ddigon gwamal, "Mi fydd raid iti dalu ar law i hwn, cofia!" Dydi'r diawl byth 'di anghofio'r hen ddyled.' Plygodd yn awchus uwchben y tatws llugoer, ei war yn barod am ymateb ei fam.

'Hy! Pa fusnas oedd gan yr hen grintach i ofyn, beth bynnag? Wel? Be ddeudodd hwnnw?'

'Mi ddaw i fyny cyn te. Ydi hynny'n iawn? Boi digon clên.'

'Hy! Ti 'di newid dy diwn yn gythral. 'Sa waeth gen i gwpan mewn dŵr ddim!'

'Be dach chi'n feddwl?' Ei geg erbyn hyn yn llawn o'r tatws stwnsh a bara menyn.

34

'Saeson! Dyna dwi'n feddwl! Golwg go sâl oedd gen ti arnyn nhw ddoe.'

'Mi fydd o yma yn y munud beth bynnag . . .' Bu bron iddo ychwanegu '. . . waeth be ddiawl ddeudwch chi!' ond yn lle hynny, ailofynnodd ei gwestiwn er mwyn troi'r stori. 'Lle 'ma Mared?'

''Di mynd efo'r bỳs i Hirfryn. Llawn cystal cael Sais. Neith o ddim holi. Gofala ditha beidio siarad gormod efo fo. A phaid â mynd â fo'n agos at y llofft stabal. Ac os bydd O'n gneud sŵn . . .'

'Olreit! Olreit! . . . Pam oedd hi isio mynd i Hirfryn heddiw? Dydd Llun!'

'Pwy ddeudodd 'i bod hi isio mynd? Gorfod mynd oedd hi 'nde. Rhaid i rywun fynd i nôl y negas. Dwi 'di'i rhybuddio hi, picio rhwng dau fỳs, dyna i gyd. Mi fydd hi'n ôl toc. Welist ti Dewyrth Ifan nos Fawrth dwytha?' Roedd hi wedi aros ar ei ffordd i'r drws a throi'n sydyn.

Roedd y cwestiwn mor annisgwyl, mor ddiystyr fel y llithrodd fforc Robin rhwng ei fysedd llipa a chlindarddach ar y llawr cerrig. Plygodd yn reddfol i'w chodi a phan sythodd eilwaith roedd hi wedi mynd allan.

'Be uffar . . .?' Ac yna, 'Ma'n rhaid bod y gloman wirion yn dechra mynd yn rhyfadd!'

Gorffennodd ei ginio mewn tawelwch.

*   *   *   *

Hanner awr yn ddiweddarach cyrhaeddodd Jeff mewn Daihatsu brown rhydlyd. Llyngyryn tal efo wyneb gwelw, brycheulyd a mop o wallt coch digon seimllyd yr olwg. Roedd oglau'r Bladur Aur mor gryf ar ei wynt ag oedd y petrol a'r disl ar ei ddillad.

'Came soon 's I could,' meddai. 'Be dark soon.'

Pum munud i dri, meddyliodd Robin, gan ystyried rhagolygon y goleuni uwchben. Gyda lwc, mi gei di ryw awr a chwartar.

Aeth â'r Sais i'w cwt di-ddrws ym mhen draw'r buarth lle safai'r peiriant yn magu rhwd.

'Leave you to it!'

Cymerodd gam i gyfeiriad y tŷ gan feddwl cael peth cysur efo'i smôc ond bu'r cip o wyneb ei fam yn ffenest y gegin yn gwgu'n amheus ar yr ymwelydd yn ddigon i yrru Robin ar yn ôl. Wedi dilyn y llwybr mwdlyd heibio i dalcen y sgubor daeth i olwg y darn rhydd o haearn sinc y gwyddai amdano a gwasgodd ei hun i mewn i gwmni'r gwair heb i undyn byw ei weld. Yno dewisodd gilfach gysurus i gadw llygad ar Jeff ac i rowlio sigarèt lawnach nag arfer iddo'i hun. Roedd y Sais yn chwibanu'n fywiog wrth ei waith a'i dôn yn taro'n chwithig ac yn ddieithr yng nghilfachau Arllechwedd.

Gwich giât y buarth ar ei cholion a'i hysbysodd fod Mared yn ôl. Gwelodd Robin hi'n aros ar ganol cam pan ddaeth i olwg y Daihatsu; yna aeth yn gyflym tua'r tŷ gan adael Jeff i syllu'n chwilfrydig ar ei hôl.

Cyn hir, roedd hi allan eto, heb y bag neges na'r gôt ddi-raen a wisgai gynt. Er mai hen a rhad hefyd oedd y ffrog dywyll amdani, roedd yn ei ffitio'n dda ac yn amlygu rhinweddau ei chorff. Ac ar hwnnw, yn hytrach nag ar ei hwyneb, y syllai'r Sais wrth iddi fynd heibio i chwilio am wyau'r ieir.

Gwyliodd Robin hi'n dod i'w gyfeiriad.

'Ac yn fa'ma'r wyt ti!' Y sgubor oedd un o hoff fannau dodwy'r ieir. 'Sgin ti ddim byd gwell i'w neud?'

'Ti'n swnio'n debycach iddi *hi* bob dydd! Smôc fach, dyna i gyd! Ma' 'ma lonydd i'w gael yn fa'ma.'

'Pwy 'di *o*?'

'Mecanic.'

'Ma' hynny'n blydi amlwg! *Pwy*, nid *be* ofynnis i.' Trodd oddi wrtho a dechrau chwilio'r sgubor am nythod yr ieir gan godi godre'i ffrog i ddal yr wyau.

'Ti'n biwis gythral!'

'Piwis fasat titha 'sat ti'n gorfod rhuthro rhwng dau fŷs i neud y siopio i gyd.'

'Pam ti'n gneud 'ta? Pam na fasat ti'n cymryd d'amsar?'

'Hy! 'Sa rhywun yn meddwl dy fod *ti*'n cael dy ffordd dy hun yn y lle 'ma. Os felly, pam nad wyt ti'n ista yn y tŷ o flaen tân yn cael dy smôc? Rŵan deud wrtha i, pwy 'di nacw?' Roedd hi'n ôl yn nrws y sgubor erbyn hyn.

'Jeff ydi'i enw fo. Dyna'r cwbwl wn i. Sais.'

'Ro'n i'n ama . . . Dydi o'n neb dwi'n nabod.'

'Byw yn Rhyd-y-gro . . . ers rhyw chwe mis, medda fo.'

'Rhyfadd iti ofyn iddo fo ddŵad yma, a fynta'n Sais.'

'Dyna chdi eto! Blydi carrag atab Mam!'

Gwyliodd hi'n croesi'r buarth, ei ffrog yn grud i'r wyau a'i choesau noeth yn destun sylw Jeff. Gwelodd hi'n oedi ennyd, yn troi i ddweud rhywbeth wrth hwnnw, yn gwenu ac yna'n mynd yn gyflym tua'r tŷ.

'Back sometime t'morruh, mate! Ain't got all parts, see.'

'Big job?' Pa mor gostus, mewn geiriau eraill.

'So, so! 'Pends! Tell yu t'morruh. See yu!'

Ysgydwai'r Daihatsu fel peth meddw wrth fynd i lawr y ffordd drol anwastad.

*   *   *   *

Nos Lun 12 Tachwedd

Fe ymddangosodd wedyn neithiwr. Cyn wired â phader roedd o yno, waeth be ddywed Mam.

Chydig wedi tri y cawsom ein deffro gan hunlle Robin. Gwaeth nag arfer neithiwr, yn taflu'i hun o gwmpas y gwely a'i wyneb yn cael ei ddirdynnu gan ofn. Methu'i ddeffro nes i Mam daflu dŵr am ei ben. Rhywbeth mawr yn ei boeni ddwedwn i, ac eto rwy'n meddwl 'mod i'n deall. Chwerwi at Mam ydw i wedi'i wneud ond mae Robin yn corddi yn ei euogrwydd. Ar ôl yr holl flynydd-oedd! Mam yn rhy biwis o'r hanner i fod angen help efo fo, felly ei gadael yn ei photes. Druan o Robin hefyd!

Pan ddois i allan o'r llofft roedd o yno, ym mhen draw'r landin, yn gwbl glir. Ydi ysbryd yn goleuo yn y tywyllwch? Er bod neithiwr fel y fagddu, dim lleuad na dim, eto i gyd fe'i gwelwn yn glir. Yn ei grys gwlanen a'i drôns hir. Felly, rwy'n cofio, y byddai'n mynd i'w wely bob amser. Ac roedd o'n gwenu! Ond nid y wên a gawn i ganddo'n blentyn. Nid gwên garedig, dadol. Gwên awgrymog, hyll, yn ddannedd i gyd. Ac yna, dyna fo'n codi'i fraich yn araf i gyfeiriad drws fy llofft fel pe bai o'n fy nghymell i 'ngwely. Yr eiliad nesaf roedd wedi toddi i'r tywyllwch. Dim ofn ar y pryd, mwy nag ar y troeon eraill, ond anes-mwyth iawn wedyn a methu cael gafael ar gwsg.

Mam yn benderfynol heddiw nad oedd oedi i fod yn Hirfryn. Rhwng dau fŷs a dim mwy! Dyna'r gorchymyn, a finnau wedi edrych ymlaen gymaint ers pythefnos at gyfle i fynd yno. Anniddig ydi hi, rwy'n meddwl. Ofn i Robin gael y boen fawr eto ac iddi hithau fethu ymgodymu. Ofn arall hefyd, ddyddiadur bach—ofn afresymol yr hyn sydd tu ôl i ddrws y llofft stabal, ofn ei chydwybod ei hun.

Tipyn o sioc oedd gweld y sais—Jeff—yn trin y tractor. Mam fel barcud yn ei wylio. Yn dod yn ei ôl fory, medda fo. Wyneb newydd o leiaf, a rhywun i gael llun o sgwrs efo fo, gobeithio, Sais neu beidio!

4

Aeth tair wythnos a diwrnod heibio heb i Jeff ymddangos ac yn yr amser hwnnw, yn enwedig ar adegau o boen yn ei gylla, roedd Robin-Dewyrth-Ifan wedi dedfrydu'r Sais ganwaith i deyrnas y Gŵr Drwg.

Daethai newid yn yr hin. Roedd y niwl a'r lleithder wedi ildio i wyntoedd a chorwyntoedd y gogledd-orllewin a'r rheini wedi chwyrlïo'n drystfawr, yn oer ond yn sych, o'r môr i fyny'r Cwm gan grino a chochi'r rhedyn ac erlid y dail. Mewn llai nag wythnos fe gollodd y tŷ ei gysgod hyd nes bod y deri cyn noethed bob tamaid â'r masarn a'r ynn. Glynai'r dail crin yn y landeri a'r gwterydd ac yn bentyrrau yng nghonglau'r buarth.

Magodd y lle wedd ddigalon y gaeaf ond, â chrio'r gwynt yn y cangau yn dwysáu'r min nosau tywyll, roedd y tŷ fel pe'n fwy clyd ac yn fwy bodlon. Roedd y trymder yn gweddu'n well.

Yna daethai'r cymylau duon llwythog i mewn o'r môr. Awyr gyfan ddiddiwedd ohonynt. Ac wrth iddynt gael eu hymlid i fyny'r Cwm roedd eu glaw wedi chwipio'r tir yn ddidrugaredd am ddyddiau bwy'i gilydd hyd nes bod y landeri a'r gwterydd yn gorlifo a bwrlwm Nant Goediog yn ddwndwr pell yn eu clustiau bob min nos. Diflannodd y Weirglodd Isa o dan ddŵr coch afon Dwysarn.

Roedd gan Robin reswm dwbl dros felltithio Jeff a segurdod y Ffergi bach. Dyma'i gyfnod i ddarparu tanwydd at y gaeaf. Arferai ddefnyddio'r tractor i lusgo cangau preiffion i'r buarth ac o gael cwt y peiriant yn wag a diddos iddo'i hun, eu llifio'n flociau hylaw yn fan'no a'u pentyrru'n drefnus yn erbyn y wal fewnol. Ac wedi gorffen, byddai digon o le wedyn i roi'r Ffergi yn ôl dan do.

Eleni, diolch i'r Sais, meddai Robin wrtho'i hun, roedd y gorchwyl yn llawer mwy llafurus. Yng Nghoed-y-nant ac yng Nghoedlan-llawr-cwm rhaid oedd llifio'r cangau yn hydau hwylus i'w cario ar ei ysgwydd neu eu llusgo tu cefn.

Am ddeuddydd cyfan bu lli-jaen Robin yn sgrechian ei phrotest gorffwyll, a'i sŵn fel sŵn cacwn mewn potel, yn cael ei daflu'n ôl a blaen rhwng y llethrau. A phan fyddai'r tân yng nghylla Robin yn cynddeiriogi mwy nag arfer neu'r gwlybaniaeth yn creu anghysur, byddai tôn y llifio yn amlygu hynny hefyd.

Erbyn diwedd wythnos gynta'r mis du roedd tomen o goed wedi'i chrynhoi yn y gornel rhwng y sgubor sinc a chwt y tractor. Eisoes roedd Robin wedi colli'i dymer efo'r Ffergi bach ac wedi'i wthio allan i'r buarth ac i'r glaw er mwyn cael ei le. A rŵan, gynted ag y câi orffen cario i fyny o Goedlan-llawr-cwm câi ddechrau ar waith mwy pleserus o lifio'r cyfan yn flociau taclus i'r grât. Dwy daith arall a dyna hi, fe'i cysurodd ei hun.

* * *

'Be uffar 'di hwn?'

Rhuthrodd Mared i ymuno â'i mam yn ffenest y gegin. Yr ochr bellaf i giât y buarth safai Daihatsu brown a'r glaw yn dawnsio'n stêm o'i foned a'i do. Gellid gweld y gyrrwr yn oedi rhag mentro allan i agor y glwyd.

'Y mecanic!'

'Y?'

'Y mecanic fu yng ngolwg y tractor o'r blaen. Je . . . Y cochyn hwnnw! Y Sais!'

'Wel, dydw i ddim isio fo'n agos i'r . . . i'r tŷ 'ma. Dos i'w gwfwr o a chadw fo draw nes daw Robin ato fo. Lle

40

uffar ma' hwnnw, beth bynnag? Diogi'n rhwla ma'n siŵr!'

'Chwara teg, Mam! Mae o'n lladd 'i hun ers dyddia efo'r coed 'na. Mi fydd yn wlyb at 'i groen eto heddiw, gewch chi weld.'

'Hy!' Trodd i ffwrdd yn ddiamynedd o'r ffenest. 'Jyst gwna di'n siŵr nad ydi nacw yn dŵad llawar nes na hyn'na.'

Taflodd Mared hen gôt dros ei phen a rhedodd ar draws y buarth i gyfarfod â'r ymwelydd. Agorodd y giât i'r Daihatsu ddod i mewn i'r buarth a chaeodd hi ar ei ôl. Yna aeth i'r sgubor i fochel glaw ac aros i'r Sais ymuno â hi.

'Hi, luv!'

'How are you?' Gyda pheth siom sylwodd fod rhywun gydag ef ond ni allai weld pwy trwy niwl y stêm ar y ffenest.

'Cum tu fix tractor. Part's cum, see!'

Nodiodd Mared yn wag. Doedd hi ddim yn gweld nac wedi dallt.

'Out 'n rain I see!'

'Pardon?'

Gwyrodd ei ben i gyfeiriad y Ffergi.

'Can't fix it out theer. Too wet.'

Ar hynny daeth clec anferth o du mewn y Daihatsu a rhoddodd Jeff floedd. 'If you two dunna pack it in in theer I'll flog yur backsides fur yu.'

Sŵn chwerthin oedd yr unig ateb i'w fygythiad. Gwelodd Mared yn edrych yn ymholgar.

'Kids! Had tu bring 'em wi' me, see. Missus not 'ome.'

'I see.' Braf oedd dallt rhywbeth o'r hyn a ddywedai.

'Yur usban around then?'

'You mean my brother! I'm not married.' Oedd hi wedi rhuthro'r geiriau? 'He'll be back soon.'

'Not wed? Fine strappin wuman like you not wed? Seems waste tu me.'

Rhuthrodd y gwrid i wyneb Mared wrth iddo redeg ei lygaid yn bowld drosti. Gwyddai ei fod wedi talu rhyw fath o deyrnged iddi ond doedd hi ddim yn siŵr iawn sut i ymateb. Taflodd gip pryderus tua'r tŷ mewn ofn i'w mam weld neu glywed ond doedd dim peryg o hynny yn y fath dywydd.

'Ain't seen yu around village, luv. D'yu cum down sumtime? If yu cum, 'd like tu buy yu a drink in pub down theer.'

*　*　*　*

Ddwywaith y bu rhaid i Robin ollwng y boncyff oddi ar ei ysgwydd ar y ffordd i fyny o'r goedlan. Roedd y cawodydd trymion wedi'i wlychu at ei groen, y dŵr wedi rhedeg i lawr ei war a'i lewys, a'i draed yn slatsian yn ei sgidiau hoelion tyllog. Ac fel pe na bai pethau'n ddigon anodd roedd mwsog y boncyff yn llithrig i'w law. Un siwrnai arall a dyna hi! Ac os agorai Mam ei cheg . . .

'Be?' Roedd wedi dod i olwg y Daihatsu ar y buarth. 'Ma'r cochyn uffar yn cyrradd rŵan ar ôl imi orffan pob dim!'

Camodd yn flin heibio i Mared a'r Sais a thaflu'r boncyff ymhellach nag oedd raid ar y pentwr coed.

'Hi, mate! I cum, see.'

'Yes.' Ateb llipa ar y naw, ac yntau'n crafu'i ben am rywbeth go ffraeth neu ffiaidd i'w ddweud. Llawn cystal falla, meddai wrtho'i hun, rhag ofn iddo fo beidio â thrwsio'r blydi tractor. Ac fe'i cysurodd ei hun fod ei ymateb i gyfarchiad y Sais wedi bod o leia'n swta ac yn sarrug.

'Sorry bin so long, mate. Had tu order part, see. Couldna' get it, see. Came this mornin though. 'Ere 'tis.'

Wrth gamu tuag ato daliai ddarn o beirianwaith i Robin-Dewyrth-Ifan gael ei astudio ond doedd hwnnw ddim yn poeni cymaint am beth oedd y darn, dim ond am ei bris. Penderfynodd aros yn anwybodus ar y naill beth a'r llall. Gwell gohirio poen bob amser, pan fo dewis.

'Thought o' fixin it 's aftunoon but too late tu start now, mate. Be dark soon. Weather's bad anyway. Cum back in mornin, I reckon. Won't have kids wi' me then.' A thaflodd gip i gyfeiriad Mared, oedd yn gwenu arno o ddrws y sgubor sinc. Gwenu'n wirion, meddyliodd Robin.

Gyda hynny neidiodd i'r Daihatsu gan weiddi uwch sŵn y glaw, 'Open gate fur us would yu, mate?'

Fe aeth gan adael Mared yn codi llaw ar ei ôl a Robin yn pesychu yn y gawod a'r mwg glas.

* * * *

'Tâl iawn iti petaet ti'n cael niwmonia ne'r diciâu. Isio sbio dy ben di, allan yn y fath dywydd!'

Roedd dillad gwlybion Robin yn mygu o flaen y tân. Eisteddai yntau mewn trôns melynwyn llaes wedi'i dorchi'n uwch na'i fferau a'i draed yn trochi fel dau lobstar coch mewn dysglaid o ddŵr eirias yn syth o'r tecell. Ar y ffendar gerllaw iddo roedd llond mẁg o lefrith poeth efo mêl a phupur du ynddo ac ar ben popty bach y grât haearn ddu gorweddai ei dun baco agored.

Roedd bysedd tewion Robin—sosejis fyddai Mared yn eu galw ers talwm, yn y dyddiau cellweirus gwell—

43

wrthi'n chwithig yn rhoi sigarét wrth ei gilydd. Er yr holl flynyddoedd o ymarfer, camp oedd hon o hyd iddo, a phan lwyddai o bryd i'w gilydd i greu'r smôc berffaith yn ei olwg, byddai'n syllu arni'n hir â balchder, yn gyndyn o roi matsien wrth ei blaen.

Efo'i fam yn edliw cymaint heno, nid un o'r creadig-aethau godidog hynny oedd y sigarét hon. Ac yntau'n fodiau i gyd yn ei gythrudd, dihangai'r baco llyngyrllyd o'i bapur a rhwng bysedd Robin gan gydio ym mrethyn garw ei drôns.

'Ti'n ddi-lun yn gneud pob dim, choelia i byth . . . Glywist ti be ddeudis i gynna? Be ddoth dros dy ben di, dŵad?'

Roedd hi wedi bod yn nôl lliain iddo sychu'i draed ac wedi'i daflu ar ei lin hyd nes bron daro'r sigarét o'i law.

Na, meddai Robin-Dewyrth-Ifan wrtho'i hun, heno dydw i ddim yn mynd i ffraeo efo hi. Dwi wedi cael gras o rwla i beidio.

A daeth i'w gof yr emyn a glywsai'n cael ei ganu mor aml yn Gilgal pan oedd yn blentyn:

> Cael gras i'th' garu Di tra fwy,
> Cael mwy o ras i'th ga . . a . . a . . ru,

a'r hen ddyn bach tew wyneb coch hwnnw wrth y ffenest, na chofiai Robin mo'i enw erbyn hyn, yn bloeddio tenor ar y 'cael mwy o ras' ond yn ceibio'n aflafar am weddill ei nodau. Ia, meddyliodd, dyna dwi isio efo Mam—mwy o ras.

Gwenodd. Roedd yn haws ei hanwybyddu heno rywsut. Er gwaetha'i annwyd fel deimlai'n fodlon. Roedd y boen cylla wedi cilio'n llwyr ers awr neu ragor, ac onid oedd heddiw wedi bod yn bnawn da arall o waith? Fory fe gâi'r

Sais drwsio'r tractor allan ar y buarth os byddai'r tywydd yn caniatáu.

Gan ei fod yn gwyro uwchben ei sigarét ni welodd Mam mo'r wên ar ei wyneb, dim ond corun ei ben a'r cynhinion hir o wallt tenau yn disgyn o boptu iddo. Gwelodd hithau ei bod yn cael y gorau o'r edliw ac aeth ar ôl sgwarnog arall.

'Pryd wyt ti'n meddwl dŵad â'r defaid i lawr o'r mynydd?'

Rhedodd Robin ei dafod yn bwyllog ar hyd y papur a gwasgodd yr ymyl yn ysgafn i lawr â'i fodiau. Roedd y smôc yn barod a gadawodd i'w fam aros hyd nes iddo gael y mwg bendithiol i'w sgyfaint.

'Fory dwi'n gorffan llifio,' meddai'n bwyllog a phwysig o'r diwedd, ac yna, fel un ag awdurdod ganddo, 'Drennydd mi a' i i'r mynydd i nôl y defaid.'

Aed â'r gwynt o hwyliau Mam. 'Gwna fel lici di!' Ac roedd y diflastod i'w glywed yn ei llais.

Llusgodd y min nos yn drymaidd heibio, yn rhythm rheolaidd y cloc mawr. Symudwyd dillad Robin, oedd wedi mygu a sychu'n eithaf erbyn hyn, i wneud lle i'r tri ohonynt gael syllu i'r tân a mwynhau ei wres. Cyn hir roedd Mam yn pendwmpian a Mared wedi ymgolli yn ei llyfr.

Gwrando ar y gwynt yn y coed ac yn y simnai a wnâi Robin a mwynhau'r bodlonrwydd efo smôc arall. Mwynhau, hyd nes i'r syniad ei daro bod crio'r gwynt yn y brigau yn adlais o'r griddfan a ddeuai mor aml o'r llofft stabal. Ar noson fel heno, pa gysur oedd i Fo? Yn ei wely ers meitin, mae'n debyg, ers i Mared ei gymell yno ar ôl swper. Y cradur bach! meddyliodd, am un nad oedd prin yn ei nabod. Y cradur bach! Yn fan'na ddydd ar ôl dydd. Oes gyfan. Ac wrth weld ei fam yn cysgu'n braf gyferbyn

ag ef, a'i hanadlu cyson yn dianc yn swnllyd rhwng gwef-
usau main, llifodd ton o dosturi ac atgasedd dros Robin.
'Ma'r peth yn rong,' meddai. Cododd Mared ei phen o'i
llyfr. 'Ma'r peth yn blydi rong!' meddai wedyn, yn uwch.

Cododd yn ddiamynedd ar ei draed gan wthio'i gadair
yn ôl yn swnllyd. Gwelodd lygaid mawr effro ei fam yn
syllu'n ddiddeall arno.

'Dwi'n mynd i 'ngwely, wir Dduw!' A thybiai fod y
boen yn dod yn ôl i'w gylla.

* * * *

Roedd breuddwyd Mared yn un braf. Gwynt a glaw tu
allan a'r tŷ yn gynnes a chlyd. Blociau coed wrth y
miloedd a thanllwyth yn gloywi'r grât ac yn taflu'i
gysgodion cartrefol. Mam a Robin i ffwrdd a Harri
Llwyn-crwn wedi dod yn gwmni. Eu caru yn y gwely plu
yn fendigedig ac yn llaith a Jeff—Jeff nid Harri!—yn deffro
pob gwefr yn ei chorff, ei bwysau yn ei gwasgu i feddal-
wch y fatres a'r cynnwrf yn cynyddu, cynyddu o'i mewn.

Sŵn traed ar y grisiau! Mam! A Harri—Harri nid Jeff!—
yn rowlio oddi arni a hithau'n griddfan am bwysau ei
gorff a chynhesrwydd ei gnawd. Y ddau'n gorwedd yn
ddisgwylgar, yn ofnus, a drws y llofft yn agor yn araf, araf.
Mam yno, yn ei choban dew las a'i llygaid yn melltennu,
ei cheg yn ddiddannedd ddu. Mae hi'n gweiddi rhyw-
beth, gweiddi'n orffwyll a'i thafod yn fawr ac yn goch,
ond nid oes sŵn i'w geiriau. Mae'n codi llaw uwch ei
phen! Gweillen! Mae ganddi weillen boeth yn ei llaw! Ac
mae'n mynd i daro. Na, nid gweillen chwaith. Cryman!
Yn llaw Robin, nid Mam! Ac mae o am ladd Harri—nage
Jeff!

Agorodd Mared ei llygaid yn wyllt a theimlo ton o
ryddhad yn gymysg â siom yn llifo drosti, trwyddi.

Ymdrechodd i ddal gafael ar y freuddwyd ac i wrthod yr hunllef ond roedd y cyfan yn llithro'n aneglur o'i gafael gan adael dim ar ôl ond y darlun dychrynllyd o Mam a'r weillen boeth.

Gorweddodd yn llonydd ar ei chefn i gael ei gwynt ati ac i adfer hunanfeddiant. Treiddiai tipyn o oleuni trwy'r llenni hyd nes peri iddi raddol sylweddoli bod awyr glir tu allan a'r lleuad yn llawn. Roedd y gwynt hefyd wedi gostegu gan adael distawrwydd llethol. Popeth mor llon-ydd, mor dawel, dim ond . . .

Dyna pryd y dechreuodd synhwyro. Dim sŵn tu allan, y tŷ i gyd fel y bedd ond . . . teimlodd ei chorff yn symud mewn ton o groen gŵydd. Roedd rhywun yn y llofft gyda hi! Ei anadlu yn gyflym a byr! Yn ei hymyl!

O'r coed yng nghefn y tŷ daeth cwian sguthan gwyn-fannus. Arafodd a thawelodd yr anadlu wrth ei hochr a gwasgodd y tawelwch llethol amdani. Fe wyddai ei fod yno o hyd.

Yn araf, araf trodd ei phen gan deimlo rhyw arswyd mawr yn sgrytian drwyddi, ei synhwyrau yn noeth bob un. Rhywsut, rhywfodd fe wyddai'n iawn beth i'w ddisgwyl.

A dyna lle'r oedd! Yn ei gwely! Ar ei ochr yn syllu arni trwy lygaid gwag, llonydd; ei wallt gwyn llaes yn denau ar ei ben ac ar y gobennydd, ei groen yn rhychog felyn fel hen femrwn a'i wên yn ddannedd i gyd. Dewyrth Ifan!

Parlyswyd pob gewyn yn wyneb Mared wrth i'r gwaed lifo ohono. Gallai deimlo'i llygaid yn gwthio allan o'i phen a'i hymennydd mewn rhyw garchar o boen. Yn raddol, raddol cynyddodd ei harswyd wrth iddi gofio'i breuddwyd. Ai . . . ?

Yna roedd hi'n sgrechian, sgrechian yn orffwyll i erlid y syniad, ei breichiau'n rhofio a'i choesau'n cicio'n wyllt.

'Be s'matar? Be sy'n bod?' Roedd Mam wedi taro swits y golau wrth ruthro i mewn. Canfu'i merch yn igian gan ddagrau ac ofn. 'Be sy? Be gythral s'arnat ti?'

Dim ateb. Ysai Mared am gael golchi'r aflendid o'i chorff. 'Atab fi, wnei di!'

'Dim . . . dim. Dwi'n iawn rŵan. Hunlla.' A dyna oedd, siŵr o fod.

'Chdi eto fyth! 'Sa rhywun feddwl bod y Robin wirion 'na'n ddigon o boen ar rywun. Be gythral dwi 'di fagu fel plant, wn i ddim.'

Fe fedrwn dy ateb di, Mam, meddyliodd Mared drwy'i gwewyr, ond wna i ddim. Calla dawo. 'Mi fydda i'n iawn rŵan. Breuddwyd . . . hunlla oedd y cyfan. Mi fydda i'n iawn rŵan.'

Ond treuliodd weddill y nos yn darllen.

5

Er na ddeffrowyd ef gan arswyd ei chwaer yn ystod y nos, eto i gyd noson bur anesmwyth a dreuliodd Robin hefyd. Roedd y llefrith poeth, efo'i fêl a'i bupur du, wedi gwneud ei waith arno a bu'n troi a throsi'n chwyslyd yn ei gwsg difreuddwyd wrth ymladd â'r oerfel a'r annwyd oedd wedi cydio yn ei gorff yn ystod y dydd ddoe.

Pan agorodd ei lygaid roedd hi'n ddydd glas a'r goleuni drwy'r llenni yn awgrymu diwrnod braf. Yr unig beth a deimlai oedd ei fod wedi cysgu'n hir ac yn drwm. Yna daeth yn ymwybodol o wres ei gorff, a'r gwlybaniaeth ar ei groen o dan wlanen gras ei fest a'i drôns a sylwedd-olodd ei fod wedi cysgu trwy dwymyn a'i fod yn well o'r herwydd. Doedd yr ychydig annwyd pen oedd ar ôl yn ddim i boeni yn ei gylch.

'Bore pawb pan godo!' meddai Mared, yn dod yn ôl i'r tŷ efo dysgl a phlât gwag.

Trwy'r ffenest fach uwchben y sinc gallai weld Mam wrthi'n bwydo'r ieir a'r rheini'n gwau'n stwrllyd drwy'i gilydd wrth ruthro'n farus hwnt ac yma ar y buarth.

'Faint o'r gloch?'

'Hwyr! Rwbath i naw, siŵr o fod. Be gadwodd di?'

'Cysgu wnes i. Chwsu'n gythral.'

'Roedd Mam yn deud. Mi ddoth i'r llofft i dy ddeffro di ond roedd hi'n gweld nad oeddat ti ddim yn dda medda hi ac mi gest lonydd.'

'Meddylgar ar y naw! Ydi hi'n sâl 'i hun, dŵad?'

'Ti'n lwcus. Chysgis i fawr ddim beth bynnag a doedd ganddi hi ddim gronyn o gydymdeimlad eto fi.'

Ni holodd ei brawd fwy arni na sylwi ar welwedd ei gwedd ac ni chynigiodd hithau ragor o wybodaeth.

'Be wyt ti am neud heddiw?'

'Llifio a gneud trefn ar y doman goed 'cw. Tyrd â rhwbath imi fyta er mwyn imi gael mynd i odro gynta.'

Sodrodd Mared dorth a dysglaid o fenyn ar y bwrdd o'i flaen. Roedd y potyn o jam cartre eisoes yn ei le.

'Ma'r te 'ma'n siŵr o fod yn oer. Mi ro i ddŵr poeth arno fo.'

Ni thrafferthodd adael i'r tecell godi i'r berw, dim ond tywallt gweddill ei gynnwys i'r tebot a sodro hwnnw hefyd ar y bwrdd o flaen ei brawd.

Gwadnau trwchus, anwastad a dorrodd Robin iddo'i hun a llugoer oedd y te a'u golchodd i lawr.

'Dwi'n mynd i'r mart wsnos nesa.'

'O?'

'Ydw. Gwerthu'r gwarthag.'

'Y fuches?' Chwarddodd Mared. 'Be? Ydi Mam 'di pen-derfynu?'

Cododd Robin ei ben yn herfeiddiol.

'Dw i 'di penderfynu! Dw i 'di cael llond bol ar y godro 'ma bob dydd. A ti'n gwbod yn iawn nad ydi hi'n talu debyg i ddim. Mwy o draffarth na'i werth efo'r blydi cwotas 'ma.'

'Ti'n siarad ar dy gyfar felly.' Roedd gwawd yn ei geiriau. 'Yn ogystal â thrwy dy drwyn,' ychwanegodd, gan gyfeirio'n wamal at yr annwyd ym mhen ei brawd. 'Ti'n gwbod cystal â finna nad eith y fuches ddim o 'ma nes y bydd Mam yn perderfynu hynny.'

'Wel mi geith hi odro'r blydi petha'i hun 'ta o hyn ymlaen!' Ffordd o gydnabod gwirionedd geiriau'i chwaer oedd y brotest a'r dymer.

'Pwy yn godro be, 'lly?' Roedd yr hen wraig yn dod i mewn o'r buarth, bwced wag bwyd yr ieir yn ei llaw, ei gwallt heb weld crib y bore na'i hwyneb ddŵr.

Edrychodd Mared ar ei brawd, cystal â dweud, 'Wel, dyma dy gyfla di.'

Styfnigodd yntau yn ei dymer. 'Deud o'n i 'mod i'n meddwl gwerthu'r fuches ym mart Hirfryn wsnos nesa. Ma'n fwy o draffarth na'i gwerth.'

Safai yno'n solet o'i flaen yn crychu'i thrwyn llydan ac yn edrych yn graff ar ei mab. Yna, meddai hi o'r diwedd, a'r peth agosaf i wên fuddugoliaethus ar ei hwyneb, 'Rhaid iti godi'n gynt, 'machgan gwyn i, os wyt ti isio gneud penderfyniada fel 'na.'

'Be 'dach chi'n feddwl?' Wedi gwneud ei ddatganiad nid oedd am ollwng ei afael.

'Be dwi'n feddwl ydi 'mod i eisoes wedi penderfynu. Mi dalith yn well inni gadw gwartheg stôr. Ond dydi hi ddim yn amser da i werthu, ar ddechra gaea fel hyn, ac fe ddylet ti wbod hynny. Mi oedwn ni tan y gwanwyn dwi'n meddwl.'

50

Am eiliad aed â'r gwynt o hwyliau Robin. Edrychai Mared hithau'n syfrdan. Oedd Mam wedi penderfynu ymlaen llaw? Ynteu'r penderfyniad a'r styfnigrwydd yn llais a llygaid ei mab a barodd iddi gyfaddawdu ar fyr rybudd? Chaen nhw byth wybod, beth bynnag.

Daliodd Robin ati, ond yn fwy ystyriol a doeth. 'Wel, ma'n siŵr eich bod chi'n iawn ond rhaid inni gofio hefyd y bydd gwarthag stôr yn llawar drutach yn y gwanwyn ar ôl cael 'u cadw drw'r gaea ac y bydd y gwahaniaeth ym mhrisia'r rheini dipyn yn fwy na be nawn ni ennill o gadw'r gwarthag godro.'

Aeth yr hen wraig drwodd i'r pantri ac ymhen sbel daeth ei geiriau yn bwyllog ac yn derfynol. 'Iawn. Mi gei fynd â nhw i'r mart ddydd Mawrth nesa ac mi brynwn ni'u gwerth nhw o fustych blwydd, ac un ne ddau dros ben!'

Sythodd Robin-Dewyrth-Ifan yn fuddugoliaethus yn ei gadair. Syllai Mared fel pe bai wedi gweld gwyrth.

*　　*　　*　　*

Er gwaetha'i annwyd, dan chwibanu y gwnaeth Robin y godro y bore hwnnw ac aeth ati'n syth wedyn i ymosod ar y pentwr coed. Gorweddai'r hen gi yn gysglyd wrth ei gadwyn, yn fyddar, gellid tybio, i sgrechian y lli.

Ganol bore cymerodd Robin bum munud i rowlio smôc iddo'i hun a chan eistedd yno ar flocyn yng nghwt y tractor crychodd ei aeliau wrth i'r Ffergi bach ar ganol y buarth hawlio'i sylw. Diflannodd ei hwyliau da.

'Dydi'r blydi Sais 'na ddim wedi dŵad eto heddiw. Fedar rhywun ddim rhoi wya dan y diawl! Os na ddaw o ar ôl cinio mi fydda i wedi . . . mi . . .' Crafodd ei ddychymyg am ddial digonol. 'Mi ro i'n lli-jaen drw wddw'r cochyn uffar!' A bodlonwyd ef dros dro gan y darlun erchyll hwnnw.

Rhaid nad oedd Jeff yn seicig; naill ai hynny neu'i fod yn ddifater ynglŷn ag iechyd ei groen. Sut bynnag, welwyd mo'r Daihatsu brown ar fuarth Arllechwedd y diwrnod hwnnw ac anodd dweud pwy oedd fwyaf siomedig, ai Robin efo'i holl fytheirio gwag ynteu Mared yn ei hawydd am gwmni.

Doedd mân orchwylion y bore ddim wedi symud clais ei hunllef. Na, nid hunlla, fe'i hatgoffodd ei hun yn ddiamynedd. Roedd o yno, yn 'y ngwely i! Falla bod pob dim yn ymddangos fel hunlla rŵan ond . . .

Am y canfed tro y bore hwnnw fflachiodd y darlun yn llygad ei chof. Gallai ail-fyw gwefr gynnes y freuddwyd a'r bodlonrwydd gogoneddus a deimlai ar y pryd. Yna'r deffro, a'r ofn graddol yn ymwthio i'w phleser, wrth sylweddoli bod rhywun—neu rywbeth—yn rhannu'i gwely. A'i weld o yno! Oedd, mi oedd o yno, meddai eto wrthi'i hun yn gyndyn, er y carai â'i holl enaid fedru datgysylltu'r wên felen ddanheddog oddi wrth y boddhad a deimlasai cyn deffro.

Teimlodd y ddafaden yn plycio ar ei boch.

Pe bai'r Sais,—Jeff yn dod, byddai posib anghofio'r annymunol dros dro. Roedd hi'n siŵr bod llawer yn gyffredin rhyngddynt. Onid oedd hi wedi teimlo hynny ddoe? Wedi'i weld o yn ei lygad yntau? Wedi'i glywed yn ei lais? Ac onid oedd ei wallt coch a'i wedd lwyd, frycheulyd wedi magu rhyw anwyldeb yn ei golwg? Na, nid anwyldeb yn hollol, ond roedd 'na rywbeth yn ei gylch.

Mae o wedi priodi, cofia! Ac ma' ganddo fo blant! . . . So what? Y cwbwl dwi isio ydi rhywun i siarad efo fo . . . rhywun gwahanol . . . rhywun y medra i chwerthin yn 'i gwmni fo. Ond ddoth o ddim, naddo! A ddaw o ddim, bellach!

* * * *

Erbyn canol pnawn roedd Robin yn camu'n ôl ac yn syllu'n foddhaus ar y mur uchel, trefnus o flociau tân yng nghefn cwt y tractor, fel crefftwr yn edmygu ac yn asesu'i gampwaith ei hun.

'Job dda, Mic,' meddai gyda pheth rhwysg, ond ni thrafferthodd yr hen gi i godi'i ben hyd yn oed. 'A rŵan dwi am dacluso tipyn ar y doman unwaith eto. Ma'r glaw trwm 'na wedi creu hafoc efo hi. Smôc wedyn . . .' Ac ychwanegodd benderfyniad sydyn yn sgîl ei awdurdod newydd, '. . . efo panad yn tŷ!'

Dim ond dros dro y llwyddasai anwadalwch y mecanic o Sais i daflu dŵr oer ar asbri Robin. Roedd y diwrnod wedi cychwyn yn dda efo'r fuddugoliaeth ynglŷn â'r gwartheg godro—os buddugoliaeth hefyd—ac roedd y dydd wedi mynd rhagddo'n fwy na boddhaol. Rhyfedd hefyd y gwahaniaeth a wnâi chydig o haul ar ôl tywydd drwg. Roedd yn rhoi gwedd newydd ar bethau iddo.

Ar gychwyn am y tŷ a'i baned a'i smôc yr oedd pan ddaeth y sŵn i'w glyw. Nid bod y grwnian pell wedi cychwyn o'r newydd ond dyna pryd y daeth yn ymwybodol ohono. Rhaid ei fod yno tra bu ef yn twtio'r domen dail, a chyn hynny mae'n siŵr ond ei fod wedi'i foddi gan chwyrnellu'r lli-jaen.

Oedodd Robin i wrando, yn gyntaf i geisio cysylltu'r sŵn efo'r hyn oedd yn gyfrifol amdano, ac yn ail i benderfynu o ba gyfeiriad a phellter y deuai ar yr awel.

Je-si-bî, meddyliodd, rwla ar lawr Cwm, yng nghyfeiriad y pentra.

Trodd tua giât fach yr ardd er mwyn cael cadarnhau'i ddamcaniaeth. O waelod y berllan gallai edrych dros y clawdd ar y Cwm ar ei hyd.

Oedd, roedd yn iawn. Je-si-bî oedd yno, fel rhyw gacwn

bychan gorffwyll yn y pellter, yr ochr isa i Ryd-y-gro, yn tyrchu'r tir rhwng y ffordd a'r afon.

Y Sais 'na yng Nghae'rperson sy'n gneud rhwbath ma'n rhaid . . . ne'r Bwrdd Dŵr falla. Ma' gan rheini ddigon o bres i'w petha'u hunen! Sawl gwaith ydw i wedi swnian am gael codi clawdd llanw ar Weirglodd Isa? A dacw hi eto heddiw yn loyw dan ddŵr ar ôl y glawogydd. 'Sa waeth imi ofyn i'r Women's Institute ddim! Ond ma' rhyw blydi Sais fel nacw yn cael sylw'n syth, dim ond iddo fo godi'i fys.

Teimlodd Robin yr oerni wrth i gwmwl arall basio dros yr haul. Nid nepell oddi wrtho roedd y garreg wen yn gorwedd yn y gwair gwlyb. Trodd yntau'n gyflym ac yn euog am y tŷ, yn fyddar, am unwaith i chwyrnellu braw-ychus ond byrhoedlog yr awyren isel wrth iddi wibio i fyny am y Grawcallt.

* * * *

Roedd hi'n noson loergan a'r tractor bach fel rhyw chwilen fawr loywddu ar ganol y buarth. Tu ôl iddo, yn fuchudd yn erbyn awyr y nos, y sgubor sinc fel caer rhyw ofidiau pell.

Roedd y llestri swper wedi cael eu clirio ers awr neu ragor a'r un oedd yr olygfa yn y gegin ag ar unrhyw noson arall—Mam yn ei chadair, y cylchgrawn yr oedd wedi bod yn ei fodio yn segur ar ei glin a'i hanadlu rheolaidd yn cyhoeddi ei bod yn pendwmpian; Mared wedyn, ar gadair galed, ei dwylo dros ei chlustiau a'i llyfr yn agored ar y bwrdd o'i blaen. Wedi ymgolli, meddyliodd Robin, gan wthio'r sigarét ddi-raen rhwng ei weflau.

Ond roedd meddwl Mared yn anesmwyth iawn o hyd. Anodd canolbwyntio ar stori serch y llyfr, er cystal oedd hi, a'r freuddwyd—nage, y profiad—mor fyw yn ei chof.

54

Syllodd Robin yn slei ar ei chwaer. Hoffai ei gwylio fel hyn heb iddi fod yn ymwybodol o'r sylw. Roedd ei hwyneb o'r golwg tu ôl i'w dwylo a'i gwallt, y gwallt llaes, trwchus a syrthiai'n donnau dros ei hysgwyddau. Astudiodd amlinell ei chorff, ymchwydd y bronnau helaeth, tro perffaith gwaelod y cefn, y cluniau nobl yn dynn ym mrethyn y ffrog, cnawd noeth y ffêr a chroth y goes.

Llanwodd ei sgyfaint yn hir ac yn foddhaus a setlo'n is yn ei gadair. Mi allai popeth fod yn berffaith oni bai am . . .

Oni bai am be, Robin? Oni bai bod afon Dwysarn wedi gorlifo'i glanna a'r Bwrdd Dŵr yn gwrthod gneud dim. Ac eto'n rhuthro i helpu'r blydi Saeson, y bobol ddŵad! Oni bai wedyn am y tractor yn segur ar ganol y buarth, yn segur am fod rhyw blydi Sais arall yn rhy ddiog a chwit-chwat i ddŵad i'w olwg o . . . Oni bai am Fo yn y llofft stabal, yn griddfan ei brotest ddydd ar ôl dydd. Ond nid bai unrhyw Sais ydi hynny chwaith! O naqe! Ac oni bai am . . . am y garraq wen yn y berllan a'r hyn sy odani. A bai pwy ydi hwnnw, Robin?

Ond ni fu rhaid iddo wynebu'r atebion yn hir. Yn dawel ac yn araf cychwynnodd y sŵn megis llafarganu pell ond ymhen munud neu ddau roedd wedi cynyddu hyd nes tyfu'n gresendo arswydus, yn llifo i mewn i'r gegin drwy'r ffenest a'r drws caeëdig ac yn adlais yn y simdde wag.

Llifodd ton o ddŵr oer i lawr ei gefn a theimlodd flew ei war a'i freichiau'n codi a'i groen yn symud i gyd. Llithrodd cylchgrawn Mam oddi ar ei glin i'r llawr wrth iddi ddeffro a sythu yn ei chadair. Roedd Mared eisoes ar ei thraed yn gwrando.

'Be . . . be s'arno fo?'

Ysgydwodd ei chwaer ei phen a chychwyn am y drws.

'Cymer ofal! Gym'ri di i mi ddŵad efo ti?' Doedd dim eiddgarwch yn ei gynnig.

'Ar boen dy fywyd, paid!'

'Ydi o isio doctor, dŵad?'

'Na!' Penderfyniad Mam.

'Mi a'i i weld be sy'n bod.' Mared yn amlwg bryderus ynglŷn â mynd.

'Bydd yn ofalus 'ta.'

Wrth nesáu at y grisiau cerrig teimlai Mared ofn gwirioneddol yn ei chalon. Roedd yn hen gyfarwydd â'r griddfan arferol o'r llofft stabal ond roedd crio heno'n wahanol ac yn llawer gwaeth na dim a glywsai o'r blaen. Be yn y byd oedd yn bod arno?

I wneud pethau'n waeth, fel roedd hi'n rhoi'i throed ar y ris gyntaf dechreuodd Mic udo wrth ei gadwyn. Doedd ganddi ddim cof am yr hen gi yn gwneud y fath sŵn arswydus erioed o'r blaen.

Taflodd gip pryderus o gwmpas y buarth rhag ofn bod dieithryn neu lwynog yn llechu yn y cysgodion ond wrth i'r lleuad ailymddangos o du ôl i gwmwl a golchi'r buarth â'i oleuni teimlodd Mared beth rhyddhad o weld yr olygfa gyfarwydd.

Parhau, fodd bynnag, a wnâi'r oernadu o'r tu arall i'r drws wrth iddi ddringo'n araf. Wedi cyrraedd y ris uchaf oedodd eto i wrando, nid ar y sŵn a'i dychrynai ond yn hytrach am unrhyw arwydd o'r hyn oedd yn peri i *Fo* nadu fel y gwnâi. Llygoden fawr falla? Doedd wybod be.

Clustfeiniodd, ei chlust yn cyffwrdd pren y drws. Yr eiliad honno gostegodd y sŵn yn riddfan torcalonnus; enaid mewn purdan, ac ynddo a thrwyddo tybiai Mared glywed chwerthin cras, dihiwmor. Eiliad yn unig y parhaodd yr argraff ond bu'n ddigon i'w chalon golli curiad ac wedyn gyflymu'n ddireol.

Ymwrolodd. Twt, meddai wrthi'i hun, dwi'n hel meddylia gwirion. Llygodan fawr sy 'na ma'n siŵr a dwi'n hen gyfarwydd â'r rheini o gwmpas y lle 'ma.

Yn araf, estynnodd ei llaw at ymyl ucha'r drws. Roedd wedi'i folltio o hyd, y pâr yn ddiogel yn ei le fel y gadawsai hi ef ryw ddwyawr ynghynt. Doedd bosib bod neb arall i mewn yno felly.

Fel y meddyliai hynny dyma'r sŵn yn cynyddu eto fel pe bai'r truan yn llafarganu ei boen. Nadu ynfytyn lloerig.

Heb oedi mwy llithrodd Mared y bollt yn ôl a gwthio'r drws yn araf i mewn. Gwyddai wrth reddf ei fod yno yn y gornel gyferbyn yn swatio ar ei gwrcwd. Chwiliodd â'i llaw chwith am swits y golau cyn mentro i mewn.

Dim! Bylb wedi ffiwsio!

Ochneidiodd yn uchel ac ymwroli. Safodd ychydig o'r neilltu i rywfaint o loergan allu llifo heibio iddi.

A dyna lle'r oedd. Adyn truan mewn artaith o ofn, yn ymgreinio yn ei gornel, o'r golwg bron yn ei wallt a'i farf ddilewyrch, ei lygaid yn rhwth a gwaedlyd, ei geg yn llydan agored, yn binc a glafoeriog a'r sŵn yn chwyddo'n undonog ddi-baid o'i wddf, yn fwy o gri anifail nag un dyn.

Camodd Mared i mewn i'r ystafell, ei hofn ar drai. Wedi'r cyfan, doedd yr olygfa ddim yn newydd iddi, dim ond lefel a natur y sŵn. Buan y medrai ei dawelu a'i lonyddu â gair o swcwr a chariad.

'Dyna ti. Pob dim yn iawn rŵan. Paid â chrio. Gad imi gydio'n dy law.'

Doedd y geiriau'n tycio dim. Nid oedd yn cymryd y sylw lleia ohoni.

'Ti'n iawn rŵan sti. Ma' Mared yma.'

Yn sydyn a chydag arswyd sylweddolodd nad arni hi yr oedd y llygaid mawr yn rhythu. Llifodd ton oer drosti. Roedd rhywbeth tu ôl iddi, tu ôl i'r drws agored. Cyn iddi

fedru magu'r hyder i droi ailddechreuodd y chwerthin
cras, ysgafn a glywsai gynt a gwallgofodd y truan eto yn ei
gongl.

O Dduw! meddyliodd. Mae o yma! Tu ôl imi!

Trodd i syllu'n syth i'r wên ddanheddog. *Dewyrth Ifan!*

Yr eiliad nesaf roedd y rhith wedi toddi'n ddim.

* * * *

Nos Fercher 12 Rhagfyr

Rhaid cofnodi heno, ddyddiadur bach. Mae cymaint
i'w ddweud. Deuddydd o newyddion. A'r fath newyddion
cythryblus hefyd!

Mae Dewyrth Ifan yma efo ni, mor sicr ag ydi Mam neu
Robin. Yn aflonyddu. Aflonyddu ar fy nghwsg—O Dduw!
Fel y gwnaeth o hynny neithiwr! Rwy'n teimlo'n aflan ar
ei ôl. Aflonyddu wedyn ar *Fo*. I be? Pa bleser? Pa foddhad?
Pa bwrpas i beth felly? Mae arnaf ofn y nos heno, ofn dros
Fo, ofn drosof i fy hun.

Ddaeth y Sais—Jeff—ddim i fyny heddiw, ac yntau wedi
addo. Addo i mi yn gymaint ag i Robin! Fe welwn hynny
ddoe yn ei lygaid.

Falla 'mod i'n wirion yn meddwl amdano o gwbl. Dydi
o ddim yn olygus—llyngryn tenau, a bod yn onest, a dydw
i ddim yn or-hoff o frychni haul, nac o wallt coch. Ac mae
o'n drewi o dîsl a chwrw a baco ond dydw i ddim yn
meindio hynny gymaint. Wedi'r cyfan, mae o cystal oglau
â dim sy gennym ni i'w gynnig yma. Ond mae 'na rywbeth
ynglŷn â'i lygaid o, ddyddiadur bach! Rwy'n licio'i lygaid
o. Maen nhw'n gweld cymaint. Yn werthfawrogol ryw-
sut! Rwy'n hoffi'r ffordd mae o'n edrych arnaf, yn gwenu
arnaf. Ond mae o wedi priodi, gwaetha'r modd. Ac mae
ganddo fo blant. Twt!

6

Y nos honno lapiwyd y ffermdy mewn distawrwydd trwm heb ddim ond cwïan y sguthan o Goed-y-nant a chri unig gylfinir ar ei ffordd tua'r môr o gorsydd y Grawcallt i ddwysáu'r tawelwch. Bron na ellid clywed y tŷ ei hun yn anadlu'n rheolaidd yn ei gwsg.

Wedi deffro, cymerodd rai eiliadau i Mared ddadebru. Ochneidiodd mewn rhyddhad o sylweddoli bod y nos drosodd a hithau wedi cael gorffwys mor llwyr.

Roedd Mam a Robin eisoes ar frecwast a golwg ymarferol brysur ar y ddau.

'Byta'n gynnar iawn!' oedd ei sylw wrth gyrraedd y gegin.

'Yn y bore ma'i dal hi!' Llais Mam yn swta, ffwrdd-â-hi.

'Hel y defaid i lawr heddiw; Mam am ddŵad i helpu.'

'Mam?' Edrychodd Mared yn anghrediniol braidd o'r naill i'r llall. 'Mam?' meddai hi wedyn.

'Fedri di ddeud *Mam* yn well na fi?'

Gwnaeth ei gorau i anwybyddu tôn ddychanol ei brawd. 'Fasa hi ddim yn well i mi ddŵad ac i Mam aros yn fa'ma?'

'Na!' Yr hen wraig yn hollol bendant. 'Yn fa'ma ma' dy le di . . . i ofalu am fwyd i Fo. Ac fe gei di fwydo'r ieir a godro. Dwi'n ddigon 'tebol i gerddad y mynydd ac i hel y defaid efo'r Robin 'ma.'

'Fasa hi ddim yn well gofyn i Harri Llwyn-crwn helpu? Fe ddeuai ar unwaith dwi'n gwbod. Ma' gynno fo gi sy'n gweithio'n dda.'

Gwywodd y ferch o dan edrychiad sarhaus y fam. 'Gad hwnnw lle mae o! Mi wnawn ni'n iawn efo Mic.'

'Mic?' Methodd Mared â chuddio'r gwawd. 'Fedar

hwnnw ddim eich dilyn cyn belled â Chae Top, heb sôn am rowndio'r defaid ar y Grawcallt.'

'Mi weithith i mi.' Mynegi ffaith ddiymwad. Yna, wrth Robin. 'Rŵan gad inni gychwyn neu fyddwn ni ddim 'nôl cyn nos.'

Trawodd hwnnw'i gôt amdano a hithau hen siaced dyllog a arferai berthyn i Dewyrth Ifan. Ac wrth gychwyn am y drws, clywodd Mared hi'n chwythu dan ei gwynt, ac eto'n ddigon uchel i fod yn glywadwy, 'Harri Llwyn-crwn? Hy! Pry cachu!'

Gwyliodd hwynt yn croesi'r buarth ac yn aros i ryddhau Mic o'i gadwyn.

Ma'r ddau'n debyg, meddyliodd. Yr un corff byr solat, yr un coesa byrion tew. Yr un trwch sy i goesa Mam o'r pen-glin i'r ffêr. Yr un sigl i'w cerddediad. Pen-ôl llydan isel gan y ddau.

Yna roeddynt wedi diflannu, a Mic i'w canlyn, rhwng y sgubor sinc a chwt y tractor, ar eu ffordd am Gae Top, Rhos Gutyn a'r Grawcallt. Prysurodd Mared i baratoi brecwast i Fo. Fe gâi osod y grât wedyn a bwydo'r ieir tra byddai'r tân yn cynnau. Yna, brecwast ei hun, mewn tawelwch a chysur, cyn meddwl am odro. Ma'n dda gen i rŵan 'i bod hi wedi mynd efo Robin, meddyliodd. A llifodd bodlonrwydd cynnes drwyddi.

* * * *

Roedd yr awyr yn llwyd a thrwm drosti ac roedd argoel glaw ar y gwynt.

'Wneith hi ddim bwrw chwaith,' meddai'r hen wraig, a sefyll i gael ei gwynt ati gan syllu i fyny'r Cwm at y Grawcallt.

Doedd Robin ddim mor siŵr. 'Dwn i ddim am hynny. Ma' hi'n pwyso tipyn uwchben.'

'Na, ma'r gwynt wedi troi i'r dwyrain. Ias eira os rywbath, ond ddim am ddwrnod ne ddau. Llawn cystal ein bod ni'n nôl y defaid heddiw beth bynnag.'

'Ma'n nhw wrthi eto heddiw.'

'Pwy 'lly?' Trodd i syllu i'r un cyfeiriad â'i mab.

Ymhell islaw ac yn y pellter, tu draw i Ryd-y-gro, roedd peiriant melyn wrth ei waith a'i sŵn yn codi'n ysbeidiol tuag atynt, yn groes i'r awel.

'Je-si-bî?'

'Ia. Roedd o yno ddoe hefyd.'

'Be ma'n nhw'n neud 'lly? Pwy sy wrthi?'

'Bwrdd Dŵr, am wn i. Codi clawdd llanw falla.'

Crychodd yr hen wraig ei haeliau. 'Tir Dôl-haidd, ia?'

'Nage, Cae'rperson. Blydi Saeson sy'n fan'no hefyd. Sawl gwaith ydw i wedi cwyno bod yr afon yn codi dros Weirglodd Isa? Wnân nhw ddiawl o ddim i ni sy 'di arfar byw yma ond watsiwch chi, os ydi un o'r rheicw'n codi bys, ma'n nhw'n cael sylw'n syth.'

'Ro'n i'n iawn tro cynta. Ar dir Dôl-haidd ma' nacw wrthi. 'Rochor yma i'r afon.'

'Nage ddim!' cychwynnodd Robin yn bendant ond craffodd i'r cyfeiriad serch hynny. 'Mae o wedi croesi'r afon!' ychwanegodd gyda pheth syndod. 'Rochor arall, ar dir Cae'rperson roedd o wrthi ddoe.'

'Defnyddio'r rhyd mae o. Ac os mai codi clawdd llanw ydi'u bwriad nhw, yna mi fydd rhaid iddyn nhw weithio ar y ddwy lan yn bydd. Gad inni fynd.' A chychwynnodd am y giât oedd yn agor o Gae Top i'r borfa mynydd, yr hen gi'n dynn wrth ei sodlau.

*　*　*　*

Pan gyrhaeddodd Mared y buarth o'r Weirglodd Isa a'r fuches o'i blaen, roedd y Daihatsu'n sefyll o flaen y sgubor sinc a Jeff wrthi'n gweithio ar y tractor.

Sythodd â gwên wrth glywed y gwartheg yn ffroeni'n swnllyd o'i ôl. 'Mornin! Thought no wun wus 'ere see, seein place so quiet. So I started on . . .' Gorffennodd y frawddeg trwy wyro'i ben i gyfeiriad y tractor.

'Good morning.' Teimlodd Mared ei hun yn cynhesu ac yn gwrido er ei gwaethaf. 'I'm glad you could come. That is,' ychwanegodd yn frysiog, 'my brother will be glad. He needs the tractor see.'

''S 'e around then?'

'Pardon?'

'Yur bruthu. 'S 'e around?'

Gwawriodd ystyr ei gwestiwn arni. 'O! No, he's gone to collect the sheep. My mother's gone with him.'

'Yu'r alone then.' Sylw nid cwestiwn.

Bu bron iddi ddeud 'No' wrth gofio am *Fo* yn y llofft stabal ond brathodd ei thafod mewn pryd. 'Yes, until sometime this afternoon.'

Gwenodd Jeff yn feiddgar a gwridodd hithau'n fwy y tro hwn.

'So'm I. No kids t'day!'

'O!' Teimlai Mared yn anghysurus braidd yn y distawrwydd a ddilynodd, yn enwedig o sylwi bod y Sais yn llygadu'i chorff. 'Well, I suppose I'd better get the milking done, and let you get on with your work.'

'Yea, suppose so. See yu later then. Cuppa tea maybe.'

'Yes, O.K.'

Roedd meddwl Mared ymhell o fod ar y godro.

*　　*　　*　　*

62

Cyrhaeddodd yr hen wraig a Robin derfyn y borfa ar y Grawcallt. Os oedd y defaid wedi cadw i'w cynefin fel y dylsent, yna defaid Llwyn-crwn oedd yn pori o'r Fraich draw.

'Ma' hi'n siŵr o fod yn tynnu am un ar ddeg bellach.'

Synnai Robin fod ei fam, eleni eto, wedi medru dod cyn belled efo cyn lleied o drafferth. Bum mlynedd yn ôl y bu hi ddiwetha wrth y gwaith hwn. Dyna pam roedd Mared wedi rhyfeddu cymaint o glywed am ei bwriad. Fe'i synnwyd ef ymhellach pan ddechreuodd hi roi cyfar-wyddiadau i Mic a hwnnw'n bywiogi trwyddo wrth anghofio'r boen yn ei gymalau hen.

Gwyliodd y ci yn llamu'r clystyrau o wair caled wrth gychwyn ar ei waith, yna'n troelli ac aros yn ôl cyfar-wyddiadau chwiban yr hen wraig.

Rhyfeddol, meddyliodd. Fydd hyn ddim chwartar cymaint o waith ag o'n i wedi'i ofni.

Yr eiliad nesaf roedd ar ei liniau yn y gwair a dafnau o chwys yn neidio i'w dalcen.

'Be sy'n bod arnat ti?'

Gwasgodd ei wyneb i lawr ar ei liniau mewn ymgais i fygu'r boen.

'Dy gylla di eto? Tyrd efo fi! Brysia!'

Cododd yn ufudd ac yn ei ddwbwl fe'i dilynodd hi cyn belled â ffos gul yn y gors. Rhedai'r dŵr yn gyflym ar y llechwedd.

'Dos i lawr ar dy fol ac yf ddigon ohoni.'

Ufuddhaodd eto er gwaetha'i artaith a chyn hir teimlodd y dŵr yn oeri'i du mewn ac yn graddol ddiffodd y tân oedd yno.

Erbyn iddo godi ac edrych o'i gwmpas roedd ei fam tua chwarter milltir i ffwrdd a'r defaid yn crynhoi'n rhyfeddol o'i blaen hi a Mic. Camodd yn ddiolchgar ar eu holau.

Cynyddu wnaeth y ddiadell o fan'no i lawr. Pan oeddynt yn croesi Rhos Gytun gwybiodd dwy awyren, y naill wrth gwt y llall, i fyny'r Cwm a chawlodd y defaid yn eu hofn.

'Damia chi'r ffernols!' gwaeddodd yr hen wraig ar eu holau cyn gyrru Mic ar gyrch i gael y cyfan yn ôl at ei gilydd.

'Ma'r diawliaid yn niwsans,' meddai Robin yn chwyrn. 'Blydi Saeson!'

'Mericans!'

'Y?'

'Mericans bia'r rheina, nid Saeson.'

'Sut uffar wyddoch chi?'

'Gwbod.'

Mulodd, gan nad oedd modd gwrth-ddweud Mam. 'R'un fath ydi ci a'i gynffon!' a brysiodd ymlaen i agor y giât i Gae Top.

Wedi cael y cwbl yn ddiogel i'r fan'no gwaeddodd yr hen wraig arno, 'Faint fasat ti'n ddisgwyl i fod yma? Gest di gyfla i'w cyfri nhw?'

'Yn o agos i ddau gant a hannar 'swn i'n ddeud. Mi awn ni â'u hanner nhw i lawr i'r Cae-dan-tŷ a'r Weirglodd Isa a gadael y gweddill yn fa'ma am rŵan.'

Pan gyraeddasant y buarth unwaith yn rhagor roedd hi'n tynnu am ddau o'r gloch y pnawn. Y peth cyntaf y sylwodd Robin arno oedd bod y Ffergi bach yn ôl yn ei gwt.

'Mae o 'di bod, 'lly?'

Roedd Mared yn dod i lawr grisiau'r llofft stabal â llestri budron yn ei dwylo.

'Ydi. Mi gyrhaeddodd yn fuan wedi i chi gychwyn.'

'Am bwy 'dach chi'n sôn?' Llais Mam, yn ddrwgdybus yn syth.

'Y mecanic,' meddai Robin. Yna wrth ei chwaer, 'Ddaru o fedru'i drwsio fo?'

'Do.'

'Ddeudodd o faint oedd arna i iddo fo?'

'Mi alwith eto, medda fo.'

Roedd rhywbeth yn llais Mared, parodrwydd a sioncrwydd ei hateb efallai, a barodd i Mam godi'i llygaid yn sydyn ac edrych yn graff arni. 'Hy!' meddai hi'n amheus a throi am y tŷ cyn sylwi bod ei merch yn gwrido'n euog.

*   *   *   *

Nos Iau 13 Rhagfyr

Rwy'n poeni am Fo ond wiw imi sôn wrth Mam. Mae wedi gwrthod bwyd drwy'r dydd a gwrthod codi o'i gongl ac mae'r dychryn wedi'i fferru yn ei lygaid. Does arnaf ddim llai na'i ofn o, a dweud y gwir, mae golwg mor wyllt arno. Mwy o ofal nag arfer fory felly wrth fynd â'i frecwast iddo.

Fe ddaeth Jeff heddiw! Mae o am ddod eto hefyd.

7

'Mi gychwynna i 'ta. Erbyn y bydda i wedi cael y gwarthag i'r lori mi fydd hi'n tynnu am hannar awr wedi wyth, a dwi isio bod yn y mart erbyn naw, os medra i. 'Mond gobeithio na cha i draffarth cychwyn y lori.'

Trodd Robin, ar ei ffordd am y drws. 'Wyt ti'n siŵr nad wyt ti isio dŵad?'

'Na ddim heddiw,' meddai'i chwaer. 'Fawr o awydd.'

'Ddim yn dda, wyt ti?' Mam yn reddfol amheus.

'Ddim gant y cant falla ond dwi'n iawn hefyd.'

'Hy!'

'Mi a' i 'ta.'

'Ti 'di deud hyn'na unwaith. Rŵan gofala dy fod ti'n cael pris iawn am y fuches. A gofala nad wyt ti'n talu drw dy drwyn am y lleill. Bron na 'swn i'n dŵad efo ti fy hun.'

'Sna'm angan hynny'n nag oes! Uffar dân, ddynas! Dwi'n ddigon 'tebol yn f'oed a f'amsar i brynu a gwerthu chydig o warthag ma'n siŵr gen i!'

'Hy! Matar o farn!' dan ei gwynt ac eto'n ddigon clywadwy. 'Ydi'r *cheque book* yn saff gen ti?'

Estynnodd Robin y prawf yn ddiamynedd o'i boced. Ni ddywedodd ddim.

'Bydd yn ofalus ohono fo. Cofia rŵan 'mod i wedi seinio dwy ohonyn nhw iti. Os colli di hwn'na mi all unrhyw un godi pres ar y ddwy *cheque.*'

'Olreit! Olreit, ddynas! Dwi'n dallt. Nid hogyn bach ydw i.'

'Fe ddylai un fod yn ddigon iti ond dwi wedi seinio dwy rhag ofn. Y cwbwl fydd raid iti'i neud fydd llenwi manylion y taliad.'

'Ia, ia.'

'A gofala neud yn siŵr fod y *cheque* gei di am y *Friesians* wedi'i llenwi'n iawn, rhag ofn i'r banc 'i gwrthod hi . . . a bod pwy bynnag sy'n 'i llenwi hi yn rhoi'i gyfeiriad ar y cefn. Wyt ti'n dallt?'

Ni thrafferthodd Robin ateb. Bu trafod ers dyddiau ar yr hyn y dylai ac na ddylai ei wneud. Cydiodd mewn ffon ac aeth am y drws.

Wrth groesi'r buarth daeth i'w feddwl fod pethau'n dawel iawn o gyfeiriad y llofft stabal. Roedd hi'n fore clir, braf a'r barrug yn wyn ar hyd y caeau. Doedd yr eira roedd Mam wedi'i ddarogan pan oeddynt i fyny ar y Grawcallt ddim wedi ymddangos, ond caed peth eirlaw dros y Sul. Glynai niwlen o darth uwchben afon Dwysarn a'r Weirglodd Isa ond gwyddai Robin o brofiad mai buan iawn y diflannai honno unwaith y codai'r haul ei wyneb dros ymyl yr Allt Goch.

Wrth gau giât y buarth ar ei ôl a throi am y ffordd arw a âi ag ef ar letraws i lawr Cae-dan-tŷ i gyfeiriad yr afon a Rhyd-y-gro, cydiodd rhyw ysgafnder ynddo, a hynny er gwaetha'r mud boen yn ei stumog. Glynai at rimyn gwyrdd canol y ffordd, gan mai caregog ac anwastad oedd hi o boptu hwnnw, a sylwai â phleser ar grensian y gwair oer o dan ei draed. Llanwodd ei ysgyfaint â'r awyr fain a gwnaeth ymgais amrwd i chwibanu. Ond doedd y grefft honno ddim ganddo; nid oedd wedi ymarfer llawer arni erioed.

Cyn hir cyrhaeddodd lawr y Cwm. O'i flaen roedd y giât derfyn a thu draw i honno y sarn a'r rhyd—Rhyd Ucha—drwy afon Dwysarn a'r ffordd galed i Rhyd-y-gro a Hirfryn. O'r giât, rhyw bedwar canllath fyddai rhyngddo a'r pentre. Fodd bynnag, anelu i'r cae ar y dde wnaeth Robin a mynd am y beudy isa, neu'r beudy mawr fel y galwai'i fam ef bob amser. Yno yr arferai Dewyrth Ifan roi cysgod gaeaf i'r gwartheg godro pan oedd y fuches yn dipyn amgenach nag oedd hi erbyn hyn. Roedd y beudy bach, neu'r beudy godro, ar y buarth yn ddigon i hynny bellach a throwyd y beudy isa, flynyddoedd yn ôl, yn sgubor ac yna'n ddiweddarach yn garej i'r lori.

Agorodd Robin y drysau mawr dwbl a gadael i oleuni iach y bore dreiddio i'r adeilad mwll a thaflu sglein ar foned gwyrdd y lori. Llanwyd ei ffroenau ag arogl gwair stêl a thamprwydd. Clywodd gyffro yn y trawstiau uwch ei ben wrth i'r stlumod gael eu cynhyrfu a gwelodd lygoden fawr yn dringo i dwll yn y wal ar y chwith iddo.

Cyndyn fu'r lori i danio, y peiriant yn rhygnu'n ddiog drosodd a throsodd a throsodd.

'Blydi batri!' Roedd gwyll yr adeilad fel pe wedi taflu'i gysgod ar yr asbri a deimlai Robin eiliadau ynghynt. Yna, fel pe bai rhywbeth wedi bachu am y sŵn ffrwydrodd bywyd yn y peiriant. 'Diolch i Dduw!' meddai'n uchel.

Unwaith roedd y lori'n glir o'r beudy a'r brêc ymlaen, ond y peiriant yn dal i droi, aeth i ollwng y cefn i lawr gan ofalu bod y ramp yn ddiogel i'r anifeiliaid ddringo i mewn. Roedd y mwg afiach a gynhyrchai'r lori yn gwmwl o wenwyn yn awyr fain y bore. Â'i ffon yn ei law aeth Robin am y Weirglodd Isa i hebrwng y pedair buwch am y tro olaf.

Wrth droedio'n drwm dros y borfa, syllai'n freuddwyd-iol i fyny tua Rhosgutyn a'r Grawcallt. Newydd neud tân mae Harri, meddyliodd. Codai colofn drwchus o fwg o gorn Llwyn-crwn yn y pellter. Ond dyna fo, un digon disymud ydi Harri yn y bora. Dydi gwaith ddim yn rhwbath sy'n rhyw agos iawn at 'i galon o. Ar fore oedd yn addo cymaint, gallai Robin fforddio teimlo'n hunangyfiawn.

'Wsi! Wsi! Wsi!' Torrai ei synau diystyr fel chwip drwy'r awyr denau ac ym mhen pella'r weirglodd dechreuodd y fuches anniddigo'n syth ac, o hen arfer, gychwyn i gyfeiriad y llais. Wedi'r cyfan, doedd gan y borfa lom fawr i'w gynnig iddyn nhw, mwy nag i'r ddiadell ddilewyrch oedd yn gwneud ei gorau i hendrefu yno.

Wrth adael i'w lygaid grwydro dros y tir o boptu'r afon, daeth iddo deimlad yr oedd yn hen gynefin ag ef; y teimlad o berthyn i'r tir hwn ac i'r lle arbennig hwn. Nid teimlad o berchnogaeth mohono. Pe bai ynddo'r gallu i ymresymu'n ddwys mi fyddai Robin wedi ceisio meddwl pam yr ymlyniad at erwau oedd mor foel a dilewyrch; a byddai wedi sylweddoli bod ei wreiddiau mor ddwfn yn naear garegog y llechweddau hyn oherwydd mai hi oedd swm a sylwedd ei fywyd a bod pob mangre arall yn llawn dieithrwch ac ansicrwydd iddo; y Graig Wen, y Graig Goch a'r Grawcallt oedd ei derfynau ac fel pob hen ddafad fe fodlonai ar wneud y gorau o'r gwaethaf o'i gynefin. Bodloni ar fod yn anfodlon. A phwy bynnag neu beth bynnag a ddeuai i fygwth ei ddiogelwch, i newid mewn unrhyw fodd y patrwm oedd mor gyfarwydd iddo ac yr oedd ef mor ddibynnol arno, yna, fel Mic ar y buarth neu unrhyw hen gi gwerth ei halen, mi fyddai Robin hefyd yn coethi ac yn dangos ei ddannedd, heb ddeall yn iawn pam.

Daeth sŵn un o'r gwartheg yn ffroeni'n swnllyd yn ei glust ag ef ato'i hun. Roedd ei lygaid wedi aros, yn ddi-weld hyd yma, ar gapel bach Gilgal gyferbyn ag ef dros yr afon. *Be uffar oedd isio'i newid o? Pam oedd isio'i werthu o yn y lle cynta beth bynnag? Yn enwedig i'r rheina!* Yn ddrwg ei hwyl trodd i fynd yn ôl am y lori. 'Dowch wir Dduw!' meddai'n fustlaid dros ysgwydd a dilynodd y gwartheg ef yn ufudd ar hyd y weirglodd.

Unwaith y cafodd y fuches i mewn, ni thrafferthodd efo drysau'r beudy ond fe gaeodd y giât cyn gyrru'r lori drwy'r rhyd. Roedd yr afon yn lletach yma nag yn nemor unman arall yn y Cwm. O ganlyniad roedd ei llif wedi'i wasgaru'n fas ar y rhyd. Dim ond unwaith erioed y gallai Robin gofio methu â chroesi'r rhyd a hynny ar ôl llifogydd mor ddrwg hyd nes bod y Weirglodd Isa o'r golwg at odre Cae-dan-tŷ.

Drwy ryd debyg, yr ochr isa i'r pentre, yr âi'r ffordd am

Ddôl-haidd. Roedd rhywun rywdro wedi rhoi enw addas iawn i'r clwstwr o dai a elwid yn Rhyd-y-gro.

Estynnodd y wats o boced ei wasgod. Pum munud i naw! Ac yntau wedi bargeinio ar gael bod yn y mart erbyn hyn! Ta waeth, rhyw ugain munud go dda o daith oedd yr wyth milltir i lawr y Cwm i Hirfryn.

Doedd dim adyn byw i'w weld ar stryd y pentre wrth i'r lori chwyrnu drwodd. Fel y gadawai'r tai o'i ôl daliwyd ei sylw gan arwydd mawr coch a gwyn o'i flaen, rhwng y ffordd a'r afon. Arafodd i gael digon o gyfle i'w ddarllen.

LOWER FORD
UNITED GRAVEL CO.

Pwy uffar ydi'r rheini, meddai wrtho'i hun, a be ma'n nhw'n neud yn fa'ma?

Yna, tu draw i'r arwydd gwelodd rywbeth arall i'w gythruddo. Lle bu'r rhyd roedd rhyw fath o bont bellach. *Pontoon* oedd y gair a ddaeth i'w feddwl wrth iddo gofio Harri Llwyn-crwn yn awgrymu unwaith y dylai ef, Robin, ystyried cael un dros y Rhyd Ucha. Roedd y tir o boptu'r afon wedi'i dyrchu'n ddu, yn fwd a mawn. Sylwodd fod y dŵr yn llwyd ac afiach yr olwg.

Be ddiawl syn mynd ymlaen yma?

Tu draw i'r jac-codi-baw ar lan bella'r afon gallai weld tarw dur mawr melyn a dyn wrthi'n dringo i'w sedd. Roedd yno lori hefyd, un goch a'r geiriau UNITED GRAVEL CO. yn wyn ar ei hochr.

Be gythral oedd a wnelo'r rhain â'r Bwrdd Dŵr? Addawodd iddo'i hun y câi wybod cyn nos.

*   *   *   *

70

Styfnigrwydd Robin, yn fwy na'i ddawn i fargeinio, a sicrhaodd bris go lew iddo am y *Friesians*. Dyfalbarhad wedyn cyn cael bustych i'w blesio am y pris iawn. Canlyniad y cyfan oedd bod Robin-Dewyrth-Ifan yn dychwelyd o'r mart yn Hirfryn efo wyth o fustych ifanc nobl yn y lori heb fod ofn wynebu'i fam.

Ar ei ffordd yn ôl i fyny'r Cwm gwnaeth ei orau i anwybyddu'r boen gyfarwydd ac ymdrechodd i ddangos ei foddhad trwy chwythu, yn fwy na chwibanu, tôn wreiddiol, ddifiwsig. Troi i'r darn cul tu isaf i Bontypandy yr oedd pan ddaeth lori goch lwythog ar ei hyll i'w gyfarfod. Medrodd Robin stopio'n weddol rhwydd, er iddo glywed ei lwyth gwerthfawr yn sgrialu a sglefrio tu ôl iddo, ond bu rhaid i yrrwr y lori arall sefyll ar ei frêc a sgathru'i deiars ar wyneb y ffordd.

Cyn i Robin gael gwneud na dweud dim roedd y gyrrwr dieithr hanner allan drwy'i ffenest yn arwyddo'n ddiamynedd efo'i law ac yn gweiddi, 'Plenty of room behind you, mate! Back up!'

Yn bwyllog edrychodd Robin-Dewyrth-Ifan yn ei ddrych. Byddai rhaid iddo fynd yn ôl bron ganllath cyn cyrraedd lle digon llydan, a beth pe bai car neu rywbeth arall yn dod yn o wyllt?

'Come on! Don't take all day to think about it!'

Sywleddolodd na allai ddisgwyl i'r Sais fynd yn ei ôl rownd troadau Pontypandy ond doedd ei dasg yntau fawr haws. Penderfynodd ddringo allan i gael golwg ar y broblem.

'Bloody hell, mate! What's wrong now? Haven't you learnt to drive that frigin thing?'

Ffrwydrodd y gwaed yn goch ym mhen Robin ac yn hytrach na cherdded yn ôl i astudio'i dasg, lledodd ei ysgwyddau a chamu'n wyllt i gyfeiriad y rhwystr cegog o'i flaen.

'You . . . you talk again to me like that you . . . you bloody . . . bloody Sais and I'll . . . I'll . . .'

Roedd yn cecian cymaint yn ei dymer fel y methai â meddwl am fygythiad digon addas. Yn hytrach, caeodd ei ddwrn mawr hyd nes bod y migyrnau arno'n glapiau gwyn a chododd ef i gyfeiriad ffenest agored y lori goch a'r llanc hirwallt a eisteddai yno. Roedd hwnnw wedi nabod yr arwyddion ac wedi tynnu'i ben yn frysiog yn ôl i mewn.

'O.K., mate! O.K.! Keep your cool! I didn't mean nothin! Only I can't go back, see.'

Bodlonodd Robin ar weld y llall yn gwelwi ac yn sobri drwyddo a throdd yn ôl am ei lori ei hun. Yn bwyllog, yn boenus o araf yng ngolwg y llanc, aeth Robin-Dewyrth-Ifan â'i lwyth gwerthfawr yn ôl cyn belled â'r pwt llydan pwrpasol o ffordd a wnaed i ddau gerbyd fedru pasio'i gilydd. Erbyn iddo gyrraedd yno sylwodd fod lori goch arall yn dynn wrth gwt y llall a bod y ddwy yn gwthio ymlaen yn ddiamynedd am ryddid y ffordd.

Fel roedd yn mynd heibio daeth llaw y llanc cegog allan drwy'r ffenest a chan ddal un bys powld ar i fyny gwnaeth arwydd herfeiddiol ar Robin. Yna roedd wedi chwyrnellu i lawr y Cwm. UNITED GRAVEL CO. oedd ar ochrau'r ddwy lori.

Pan gyrhaeddodd Robin sgwâr Rhyd-y-gro arafodd a gwasgodd y brêc wrth sylwi ar blismon yn siarad efo perchennog y Bladur Aur. Gŵr bochgoch, penfoel oedd y tafarnwr a golwg radlon braf arno. Ond Sais, meddai Robin wrtho'i hun. Ma'r pentra 'ma'n prysur fynd i'w dwylo nhw. Mae o'n gneud 'i ffortiwn ar ein cefna ni.

Doedd hynny ddim yn wir chwaith cyn belled ag yr

oedd Robin ei hun yn bod. Dwywaith neu dair erioed y bu iddo dywyllu taprwm y Bladur a hynny ymhell cyn i hwn ddod yma. Bu Mam yn arthio ac yn rhefru cymaint bryd hynny ac yn gwneud y fath helynt a howdidŵ fel y penderfynodd nad oedd y peint neu ddau a lyncai yno yn werth y drafferth a'r ffraeo.

Er iddyn nhw ddod yma ryw ddeunaw mis yn ôl roedd Mr. Reason a'i wraig wedi rhoi bri ar y dafarn wledig a thyrrai llawer yno o gryn bellter bob min nos am y prydau arbennig a ddarperid yno. Hy! meddyliodd Robin, ma' hwn yn cael rhyw barch mawr, jyst am mai Sais ydi o. Sam Preis Garej ddeudith pawb . . . a Huw Ellis Ffariar . . . John Wil Postman . . . Evan Thomas y Ficar hyd yn oed . . . ond Mistyr Reason bob gafal!

Gwelodd y plismon Robin yn pwyso allan o ffenest ei lori a chroesodd ato gan dybio'i fod yn chwilio am ryw fferm neu'i gilydd.

'Be gythral sy'n mynd ymlaen wrth Rhyd Isa deudwch?' Plismon ifanc a diarth, sylwodd.

'I'm sorry, sir, but you'll have to try again.' Roedd yn gwenu'n ymddiheurol.

Uffar dân! Hwn eto? meddai wrtho'i hun. Be ddiawl sy'n digwydd yn y lle 'ma? Yn gyndyn a charbwl ail-ofynnodd ei gwestiwn yn yr iaith fain.

Erbyn iddo gyrraedd y Rhyd Ucha a'r giât i'w dir ei hun roedd yr wybodaeth a gawsai i'w ymholiad wedi'i gorddi hyd nes deffro a ffyrnigo'r mud boen yn ei gylla.

Mae'r diawliaid yn dŵad i fan hyn i newid pob peth i'w siwtio'u hunain meddyliodd. Newid pob diawl o bob dim ac yn troi pob dim yn bres.

Wrth agor y giât, tynnwyd ei sylw gan rywbeth nad oedd yn ei ddeall. Roedd drysau'r beudy isa'n agored o hyd fel y gadawsai hwynt ond doedd yr adeilad ddim yn wag. Gallai weld cerbyd o ryw fath yn llechu yn ei gysgodion.

Gadawodd y lori lle'r oedd wrth y rhyd a cherddodd draw i gael golwg well.

Daihatsu brown!

Yna torrodd sŵn ar ei glyw, sŵn na allai ei ddeall am funud. Rhywun yn chwerthin? Yn ochneidio? Safodd yn y drws agored i graffu ac i wrando. Roedd rhywrai'n symud yn y gwair wrth y wal bellaf.

Ac fel y daeth ei lygaid yn gyfarwydd â'r gwyll sylweddolodd mai'r gwynder a welai yn y gwair oedd dau bâr o goesau noeth yn ymgordeddu.

'Be ddiawl sy'n digwydd yn fa'ma?'

Dychryn a chyffro yn y cysgodion, breichiau meinion yn ymbalfalu am ddillad a dwy fron fawr yn ymddangos o'r gwellt.

'Mared!'

*　　　*　　　*　　　*

Nos Fawrth 18 Rhagfyr
Mae Robin wedi bod fel darn o'r diawl drwy'r min nos. Soniodd o ddim un gair am be welodd o yn y beudy mawr ond mae o wedi bytheirio drwy'r min nos am y Saeson yn y pentre. Mae'r peth yn dechrau chwarae ar ei feddwl. Mae ei ofn a'i atgasedd afresymol yn mynd dros ben llestri. Synnwn i ddim nad oes a wnelo fo rywbeth â dyddiau ysgol ers-talwm pan oedd pawb, hyd yn oed Mr Pritchard-Standard-Five, yn gwneud hwyl am ben Robin yn methu siarad Saesneg. Hynny o ysgol a gafodd Robin wrth gwrs! Cadw draw a wnâi, bob cyfle posib.

Rwy'n ddiolchgar iddo na ddeudodd o ddim byd yng ngŵydd Mam a Jeff ond mae o wedi digio, rwy'n gwybod. Wedi cael ei frifo yn fwy na dim a chenfigen yn ei ladd.

Gwell trefn ar *Fo* heddiw, diolch am hynny. Mae wedi bwyta ryw chydig a chodi o'r gongl ond dydi o ddim wedi gwneud smic o sŵn drwy'r dydd, hyd y gwn i. Diolch ddylai rhywun am hynny, mae'n debyg, ond dydi'r peth ddim yn naturiol i *Fo* rywsut.

Gobeithio nad ydi Robin wedi dychryn Jeff i ffwrdd yn gyfan gwbl.

8

'Rwyt ti wrthi'n brysur iawn. Be wyt ti'n neud, dŵad?'

'Dim ond paratoi ryw chydig at fory.'

'Fory? Be sy fory?'

Trodd Mared a syllu'n dosturiol ar ei mam cyn ateb. 'Dim,' meddai o'r diwedd, ac elfen o wawd yn ei llais. 'Dim ond 'i bod hi'n Ddolig yndê.'

Bu wrthi yn ystod y bore, tra oedd yr hen wraig yn gwneud tân a bwydo'r ieir ac ati, yn plicio tatws a moron a'u gadael mewn bwcedaid o ddŵr oer ar y stelin las yn y pantri. Yna, ar ôl cinio, mentrodd ei llaw ar wneud pwdin i'w ferwi. Dyma oedd wedi tynnu sylw Mam.

'O! Ma' hi'n Ddolig fory ydi hi!'

'Dach chi'n meddwl y medren ni ladd un o'r ieir a chael cinio tebyg i bawb arall am unwaith?'

Cododd Mam ei golygon yn chwyrn. Y 'tebyg i bawb arall' a'i cythruddodd, ond brathu ei thafod a wnaeth hi am unwaith a'i hunig ateb oedd, 'Gwna fel lici di.'

*   *   *   *

Hwyliau go ddrwg oedd ar Robin-Dewyrth-Ifan drannoeth, fore'r ŵyl, pan ddaeth yn ôl i'r tŷ. Yn y lle

75

cynta nid oedd wedi cael llawer o afael ar gwsg yn ystod y nos oherwydd y tân yn ei gylla; yna ar ôl codi gwelodd fod y llechweddau a'r mynydd yn wyn o dan haenen o eira. Ond yr hyn a'i cynhyrfodd fwyaf oedd ôl llwynog ar y buarth y tu allan i ddrws y tŷ. Di-fudd hollol fu iddo edliw i Mic ei aneffeithiolrwydd, 'Lle uffar oeddat ti?'

'Be sy'n dy gorddi di?' Cwestiwn na ddisgwyliai'r hen wraig ateb iddo gan nad oedd ganddi ddiddordeb beth bynnag. Roedd cuwch ar wyneb ei mab yn beth rhy gyffredin iddi gynhyrfu llawer yn ei gylch.

'Ddaru chi gyfri'r ieir bora' 'ma wrth 'u gollwng nhw allan o'r cwt?'

''U cyfri nhw? I be gythral wna i hynny? Wyt ti'n meddwl na sgen i ddim byd gwell i'w neud efo f'amsar, dŵad?'

Roedd Mared yn troi oddi wrth y popty bach wrth y tân a deallodd Mam arwyddocâd ei gwên. Trodd yn ôl at Robin, ei llais yn llawer cleniach. 'Gweld colli'r ieir oeddat ti?'

'Llwynog!' meddai hwnnw'n sorllyd, yn ddrwgdybus o'r gwamalrwydd oedd mor amlwg yn y ddwy.

Dihangodd pwff o chwerthin swnllyd drwy ffroenau Mared a magodd wyneb yr hen wraig edrychiad o dosturi gwawdlyd. Duo wnaeth wyneb Robin wrth iddo deimlo'r gwaed yn codi'n goch i'w ben.

'Dwn i ddim be ddiawl sy mor ddigri ond rhyngoch chi a'ch petha' ddeuda i! Os nad ydach chi'n mynd i boeni am eich ieir, dydw i ddim, yn reit siŵr.'

'Poeni am iâr sy ar goll wyt ti, Robin?' Mared yn dal i wenu'n wirion a direswm.

'Un . . . dwy . . . hannar dwsin falla! Be wn i? Pam dach chi'n gneud blydi drama wirion o'r peth?'

'Am fod dy lwynog di wedi bod yma ac wedi gadal yr iâr

yn y popty inni at ginio.' Swn diamynedd odd yn llais
Mam erbyn hyn. Trodd at y cloc mawr yn y gornel i'w
weindio. Doedd dim pleser o dynnu coes rhywun oedd
yn rhy wirion i sylweddoli bod hynny'n digwydd beth
bynnag.

Dal i edrych yn ddig a dryslyd a wnâi Robin.

'Chdi a dy lwynog!' meddai hi dros ei hysgwydd. Roedd
hi'n troi'r goriad ac yn cadw un llygad ar y pwysau yn
codi ar ei lein yn mol y cloc. 'Mared sy 'di rhoi tro yng
nghorn un o'r ieir, siŵr! . . . Er mwyn gneud sioe o ginio
am 'i bod hi'n Ddolig. Duw a ŵyr i be chwaith'
ychwanegodd yn gras.

'Dolig? Di hi'n Ddolig heddiw?'

Taflodd Mared edrychiad dirmygus i'w gyfeiriad a throi
wedyn at y tân i sicrhau bod y pwdin yn berwi'n foddhaol
yn y sosban.

Am eiliad doedd Robin ddim yn gwybod beth i'w
ddweud. Safai yno ar ganol y llawr a'i lygaid yn dangos
gwacter a syfrdandod. Yna cofiodd beth a ddaeth ag ef i'r
tŷ a theimlodd ei dymer yn cynhesu unwaith yn rhagor.

'Ac ma'n debyg mai Mared a adawodd ôl 'i thraed yn yr
eira ar y buarth, ia?' Ceisiai yntau lwytho'i lais â dirmyg.
'Ers pryd uffar ma' ganddi hi bedair pawan, 'lly?'

A chyn i'r un o'r ddwy gael meddwl am ateb, ac er
mwyn gwneud yn siŵr ei fod yn cael y gair olaf am
unwaith, trodd a brysio allan i fynd â gwair i'r defaid. Prin
ei fod wedi mynd o olwg y tŷ cyn bod Mam allan ar y
buarth yn cyfri'r ieir.

*   *   *   *

Erbyn cinio roedd yr eira wedi hen glirio oddi ar wyneb
y buarth ond glynai'n gyndyn yn y caeau ar y llechwedd

77

uwchben y tŷ. Doedd llawr y cwm wedi cael dim o'i flas; mwy o law nag o eirlaw a gaed yn fan'no yn ystod y nos. Gellid gweld llinell yr eira yn amgylchu'r Cwm; llethrau uchaf a mwyaf serth y Graig Wen gyferbyn, a'r Grawcallt ym Mlaen-cwm yn wyn ac oer ond y llechweddau is yn borfa lom o hyd i ddefaid ar eu cythlwng.

'I ble'r wyt ti'n cychwyn?'

Roedd Robin wedi cael ei smôc-wrth-tân ar ôl cinio; cinio a roddodd well hwyliau ar y tri ohonyn nhw oherwydd ei fod mor annisgwyl o flasus, ac roedd yn awr wedi ymysgwyd o'i syrthni ac yn cychwyn am y drws.

'Dwi am roi tro rhag ofn bod y llwynog 'na o gwmpas o hyd.'

Trawodd ei gap am ei ben a chydiodd yn y gwn a gedwid tu ôl i'r drws. Yna gwthiodd law i fag oedd yn hongian yno a llenwi'i boced â chetris.

'Mi gei annwyd!' Dyna mor agos ag y deuai'r hen wraig at ddangos consyrn. Byddai Robin a Mared wedi codi aeliau pe bai hi wedi cynghori, 'Gwell iti roi côt fawr amdanat.'

Anwybyddu'r sylw a wnaeth ei mab, fodd bynnag, a chamu allan i'r gwynt deifiol oedd ag ias eira'r Grawcallt a'r dwyrain arno. Gwynt traed y meirw, meddai wrtho'i hun gan fotymu'i siaced yn chwithig ag un llaw a dal y gwn efo'r llall.

Buan y daeth ar drywydd y llwynog, ei lwybr yn glir yn yr eira ar Gae Llechwedd, yn arwain i fyny oddi wrth y sgubor sinc. Ar yr olwg gyntaf roedd yn anelu am Gae Top a'r borfa mynydd ond yna, fel pe bai wedi ailfeddwl yn sydyn, roedd yr ysbeiliwr coch wedi troi a dilyn y llechwedd y tu uchaf i'r beudy a'r llofft stabal i gyfeiriad Ceunant Bach Nant Goediog.

Hei lwc mai mynd am Ddôl-haidd wyt ti'r cythral. Mi gei di ddwyn faint lici di o stoc y diawl hwnnw!

Dyna pryd y trawodd y boen ef, fel pe bai cosb ddisymwth wedi'i dedfrydu arno am fod mor anghymdogol. Llithrodd y gwn o'i afael i'r eira a thynnodd yntau'i ddwylo ato a'u gwasgu i dwll ei stumog. Roedd y tân yn ei gylla yn waeth nag y gallai gofio, yn waeth hyd yn oed na'r boen fawr chwe wythnos yn ôl.

Syrthiodd wysg ei ochr ar y llechwedd a'i rowlio'i hun yn belen o boen. Doedd dim yn tycio, ddim hyd yn oed y gwlybaniaeth yn treiddio'n gyflym ac oer drwy'i ddillad. Roedd yr artaith ar gynnydd, yn clymu'i ymysgaroedd, yn gwasgu'n dynn am ei frest. Dwi'n marw, meddyliodd wrth deimlo'r chwys yn llifo'n ddireol o'i dalcen a'i war a'i weld yn diferu'n ddafnau tywyll ar yr eira. *Mared! Tyrd yma i'm helpu! Na, mi fasa marw yn fwy o ryddhad. Ma' 'mherfedd i'n codi i 'ngheg . . . yn boeth ac yn wlyb. Dwi'n chwdu! Dwi'n marw!*

Clywodd Mared y griddfan wrth iddi gychwyn i hel wyau'r ieir a bu bron iddi ei anwybyddu gan mor debyg ydoedd i'r sŵn a ddeuai'n arferol o'r llofft stabal. O sefyll i wrando'r eildro, fodd bynnag, yn fwy astud y tro hwn, daeth i sylweddoli bod y cwyno'n dod o gyfeiriad y llechwedd tu ôl i'r beudy.

Pan ddaeth i olwg ei brawd cafodd ddychryn mawr; nid yn gymaint o'i weld yn ymgordeddu ar y llechwedd ag o sylwi ar gyflwr yr eira o gylch ei ben. Roedd hwnnw'n staen cochddu oedd yn dal i ledu o hyd. Rhuthrodd Mared yn ôl am y tŷ.

Hunllef fu gweddill y dydd i Robin a thrwy niwl annelwig y cofiai bopeth. Daethai'i fam ato ond ni ddychwelodd Mared. A thra gorweddai yno, yn fud i ymholiadau ei fam, aethai awyren yn isel a swnllyd heibio.

Ni chofiai ddim am daith yr ambiwlans, y sgrytian a'r siglo ffyrnig wrth groesi Cae-dan-tŷ na'r gwibio seirennog trwy Ryd-y-gro i lawr am Hirfryn. Brith gof oedd y daith i ward yr ysbyty ac oddi yno'n fuan wedyn i'r theatr am ei driniaeth.

Y geiriau cyntaf i dreiddio i'w gwsg anasthetig oedd, 'Nadolig Llawen, Robin!' A'r darlun aneglur cyntaf oedd wyneb gwengar y nyrs-dillad-gwyn a'u hynganodd. Yna roedd wedi suddo eilwaith i drymgwsg difreuddwyd.

*   *   *   *

Nos Fawrth (Nadolig)
Diwrnod cythryblus arall. Chysga i fawr heno yn reit siŵr, yn dychmygu sut mae Robin ar ôl ei driniaeth. Rhy bell i fynd i lawr i'r pentra i ffonio meddai Mam, a'r tywydd mor oer. Ond mi af fory ryw ben. Roedd y creadur mor wael! Gwedd y ddaear arno fo. Y doctor yn bryderus iawn yn ei gylch. Llid y dolur stumog yn gwenwyno'r corff, dyna ddwedodd hwnnw. Mae'n debyg bod y dolur, sydd wedi bod yn poeni Robin cyhyd, wedi byrstio neu rywbeth ac wedi gollwng ei wenwyn i'w gorff. Da 'mod i wedi rhuthro i lawr am y doctor pan wnes i—hanner awr arall a byddai'n rhy hwyr, meddan nhw. Mam yn trio dweud mai'r pwdin Dolig oedd yn gyfrifol. Mi fuasai hi'n dweud rhywbeth felly wrth gwrs!

Alla i ddim dweud bod pethau'n gwella yn y llofft stabal. Wedi bwyta'n iawn heddiw ar ôl deuddydd o fyw ar ddim bron. Yr olwg yn ei lygaid sy'n fy mhoeni fwyaf— golwg ddu, ddiafolaidd ydw i'n gael arno; mae'n edrych trwy rywun. Byddaf yn teimlo weithiau mai hanner cyfle a fyddai arno eisiau i'm lladd. A dweud y gwir, dwn i ddim faint o gysgu'r nos mae o'n gael. Rwy'n amau bod yr aflonyddu'n parhau.

Mae Jeff wedi cadw draw. Pe bai'n gwybod bod Robin yn yr ysbyty, pwy ŵyr?

9

Tridiau y bu Robin heb fwyd. Y dŵr halen yn diferu trwy'r tiwb plastig i wythïen ar gefn ei law chwith oedd ei unig gynhaliaeth. A phob tro yr adnewyddid y gronfa loyw uwch ei ben fe glywai'r un jôc, hyd syrffed, 'Congratulations, Robin! You've won another goldfish!'

I ble'r aeth y Gymraes fach annwyl honno a'i croesawodd yn ôl i fyd y rhai byw? Pryd oedd hynny? Nos Fawrth! Noson Dolig! Fe gysgodd yn ôl wedyn, a slwmbran cysgu drwy'r rhan fwyaf o fore Mercher hefyd, heb brin sylwi ar y gofal a gâi.

'We'll have the tubes out this morning Robin,' meddai'r nyrs-lliw-glas ben bore dydd Sadwrn.

'Diolch i Dduw!' Ei lais yn drwynol oherwydd y tiwb yn ei ffroen.

'Then you can start on clear liquids.'

Poenus ac anghysurus iawn fu'r tridiau cyntaf a Robin, oherwydd ei boen a chaledwch ei wely, yn cymryd fawr o ddiddordeb yn yr hyn a ddigwyddai yn y ward. Maith hefyd ac anghyffordus i'r eithaf oedd oriau effro'r nos. Fore Sadwrn, fodd bynnag, tynnwyd y tiwb drwy'i ffroen o'i stumog a theimlai'n well yn syth. A phan gafodd ei ryddhau oddi wrth y tiwb a fu'n disbyddu gwenwyn ei waeledd a gwaed y driniaeth o'i ymysgaroedd a'r llall a fu'n ei gynnal â'r dŵr hallt—*sail line* neu rywbeth roedd y nyrsys yn ei alw—roedd yn teimlo fel dyn newydd. Dechreuodd gerdded yn amlach ac yn sythach ar hyd y ward. A dyna pryd y bu'n rhaid dod o hyd i byjamas iddo, mwy gweddus na'r goban wen fel amdo y cludwyd ef ynddi i gael ei driniaeth. Rhyw lun o gau yn y cefn a wnâi honno ac yn ei anghysur a'i surni ni phoenai Robin fod bochau noeth ei ben-ôl yn destun digrifwch i'r nyrsys a ffieidd-dod i rai o'r cleifion eraill.

Meithder y dyddiau a'u diflastod oedd waethaf wedyn. Mewn ward mor fawr ac ynddi ddau ddwsin o welyau, dim ond dau arall a allai ei gyfarch yn Gymraeg, y naill yn llanc gwamal yn ei arddegau diweddar a'r llall yn hen ŵr ffwndrus yn aros am le mewn cartref i'r henoed. Nid bod Robin yn orawyddus i gyfeillachu a sgwrsio ond byddai wedi bod yn braf cael clywed mwy o rywbeth y gallai ei ddeall o'i gwmpas, yn Hirfryn o bob man. Saeson oedd y doctoriaid i gyd—du, brown, gwyn eu crwyn ond Saeson serch hynny i Robin. A'r nyrsys; tair Cymraes allan o'r holl griw, a'r tair hynny, i bob golwg, yn fwy cartrefol yn yr iaith fain.

'And how is Robin this morning? Have you had your bowels opened yet?'

Rhyw gwestiynau fel'na, nad oedd o'n eu deall, a'i gyrrai fwyfwy i'w gragen. Er mor garedig a gofalus oedd pawb ohono, teimlai'n siŵr eu bod yn cael hwyl am ei ben. Hwyl diniwed efallai ond hwyl ar draul ei Saesneg clapiog a'i dawedogrwydd cynhenid.

Ac yna, un bore, roedd y Gymraes fach wengar yn ôl.

'Blwyddyn newydd dda! Sut 'dach chi'n dŵad ymlaen? Siâp dipyn gwell arnoch chi rŵan na phan welis i chi ddwytha.'

'Oes ma'n debyg.' Yna, oherwydd iddo deimlo bod ei

ymateb yn swta ac yn rhy sarrug, ychwanegodd, braidd yn swil, 'Ma'n dda'ch gweld chi'n ôl.'

'O! Diolch, Robin,' ac roedd ei llais chwerthinog yn gwbl ddidwyll. 'Dwi wedi bod yn gweithio ar ward arall ers wsnos am fod dwy nyrs yn fan'no'n sâl. Ydan nhw wedi bod yn edrach ar eich ôl chi'n iawn yma?'

'Ydan, ond bod pawb yn siarad dim byd ond Susnag bob munud.' Roedd ei lais yn bwdlyd eto.

Gostyngodd y nyrs fach ei llais yn gyfrinachol ac roedd cydymdeimlad yn ei llygaid.'Ma'r rhan fwya ohonyn nhw'n dallt Cymraeg yn iawn wchi felly os 'dach chi isio rhwbath, gofynnwch chi iddyn nhw yn Gymraeg. Ma' 'ma ryw arferiad gwirion yma, 'dach chi'n gweld, o beidio siarad Cymraeg efo'i gilydd nac efo'r cleifion rhag i'r doctoriaid a'r cleifion eraill sy yma feddwl 'u bod nhw'n siarad amdanyn nhw.'

'O!'

'Wel, mae'n rhaid imi fynd. Mi gawn ni sgwrs eto.'

'Iawn.' Yna cofiodd ychwanegu, 'Blwyddyn newydd dda i chitha.' Swniai'r geiriau'n chwithig ac yn wag iddo.

Trodd hithau a rhoi winc annwyl arno cyn prysuro i lawr y ward.

Drannoeth, fore Mercher, daeth dau ddyn mewn cotiau gwynion at ei wely a nyrs-lliw-glas i'w canlyn. Cofiodd Robin fod un ohonyn nhw, sef yr un a'i holai'n awr, wedi bod yn ei weld o'r blaen, drannoeth ei driniaeth, ac mai ef oedd y llawfeddyg. Tynnwyd y llenni o gwmpas y gwely.

'And how are you feeling?' Llais mwyn, tawel, a gwên i ennyn hyder.

'I am better thank you, sir.' Teimlai'n gyfeillgar at hwn.

'Good. Now let's have a look at you.'

Taflodd gip sydyn dros y clwyf, yna trodd i holi'r nyrs-lliw-glas mewn llais cyfrinachol, ac aros i honno archwilio'r papurau yn ei llaw cyn cyfarch Robin unwaith yn rhagor.

'You're coming along nicely. Good strong constitution. Do you live alone?'

Gan ei fod yn dal i ffwndro uwchben y gair mawr a ddefnyddiodd yr arbenigwr bu Robin gryn amser cyn amgyffred y cwestiwn.

'No, sir,' atebodd o'r diwedd. Sais neu beidio, roedd hwn yn haeddu cael ei syrio. 'I am living with my mother and my sister.'

'Good. In which case I think we can send you home on Friday.'

'Thank you, sir. Thank you very much.'

Y noson honno bu mor hyf â gofyn am rywbeth i'w helpu i gysgu. Cawsai gynnig ganddyn nhw wythnos neu ragor yn ôl pan oedd mewn poen o'r driniaeth ond roedd wedi gwrthod yn styfnig bryd hynny am ei fod mor amheus o bopeth.

Yn Gymraeg y gofynnodd a chytunodd y nyrs-lliw-gwyn-efo-petha-glas-ar-ei-hysgwydda yn syth.

'Dyma chi,' meddai hi gan roi gwydryn bychan yn cynnwys dwy dabled iddo a theimlodd yntau elfen o fuddugoliaeth. Roedd y Gymraes fach wedi dweud y gwir.

Erbyn deg o'r·gloch roedd yn dyheu am i'r golau ar y ward gael ei ddiffodd.

*   *   *   *

'Brysia! Rwyt ti fel malwan!'
Ei fam uwch ei ben a golau o'r lamp yn ei llaw yn taflu'n felyn o dan ei gên, y grechwen yn amlygu'i dannedd brown

a rhisgl ei chroen. Llygaid gorffwyll yn ddisglair mewn
cleisiau duon.

'Brysia! Rhag ofn i rywun dy weld.'

Mae'r twll yn ddu a'r berllan i gyd yn wyn. Plu eira glân yn
drwch dros bob man, y düwch yn ei lyncu wrth iddo rofio yn
is ac yn is.

'Yn ddyfnach! Brysia!'

'Dwi'n claddu fy hun!'

'Eitha peth! Brysia!'

Hi ddylai fod yn y bedd; hi efo'i hwyneb melyn a'i cheg
fain, front. Ei syniad hi oedd cael bedd . . . Ond dy syniad di
oedd y berllan, Robin!

'Tyrd, brysia! Rhag ofn i rywun ddod.'

Y düwch yn cau amdano. Suddo, suddo i'r pridd du. A
Mam yn crechwenu'n fodlon.

'Helpwch fi! Dwi'n mygu!'

Ei hwyneb yn hir ac yn felyn yng ngolau'r lamp wrth iddi
chwerthin yn lloerig. Y bedd yn cau.

'Helpwch fi! Helpwch fi!'

Rhywbeth caled dan draed, yn ei gynnal, yn ei wthio'n ôl.

'Chei di ddim dengid. Rhaid wynebu dy bechod.'

Llais pwy? Nid Mam! Llais bychan, bach. Llais babi . . .
plentyn erbyn hyn. Faint? Deuddeg oed? Llais o'r benglog is
dy draed! Penglog gwyn, gwyn yn y twll du, du. A'r eira'n
ddisglair dros y berllan . . . ond yn goch o gwmpas traed
Mam . . . yn goch o gwmpas dy draed di, Robin! Ac mae'r
gwaed yn llenwi'r twll du, du, yn boddi'r benglog fach wen,
wen.

'Na! Naaaaaaa!'

'I had to wake you, Robin. You were disturbing the
ward.'

Nyrs-dillad-gwyn a nyrs-dillad-gwyrdd-i-gyd yn sefyll

wrth ei wely, y naill yn gwenu'n dosturiol a'r llall yn gwgu'n front.

'Hunlla!' meddai'n ddryslyd.

Bu'n effro weddill y nos.

10

Cyrhaeddodd yr ambiwlans fuarth Arllechwedd yn gwbl annisgwyl. Safai Mam a Mared yn y drws i wylio Robin yn dringo'n bwyllog ac anystwyth ohono. Roedd brath yn y gwynt.

'Pam gythral na fasat ti'n gadal inni wbod dy fod ti'n dŵad adra, yn lle landio fel hyn heb neb yn dy ddisgwyl di?' Ond doedd hi ddim yn ffwdanu chwaith.

'Sut medrwn i, ddynas? Gyrru cloman efo negas?'

'Wel, mi fedra'r hospitol fod wedi anfon gair.'

'Ac mi fedrach chitha fod wedi dŵad i edrach amdana i, siawns. Neu o leia ffonio. Mi fasach chi wedi cael gwbod wedyn.'

'Mi ddaru mi ffonio, Robin, i gael gwbod sut oeddat ti.' Mared yn barod iawn i achub ei cham.

'Do, mi ddeudodd y nyrs wrtha i. Wsnos i ddydd Mawrth oedd hynny,' meddai'n gyhuddgar gan ei ollwng ei hun yn araf a phoenus i gadair ger y tân.

Trodd Mam ei phen yn siarp i edrych ar Mared a chan wrido brysiodd honno i lunio'i chelwydd.

Trodd yr edliw yn amheuaeth yn llygaid y claf.

'Wel, mi fuodd hi i lawr yn ddigon amal tua'r pentra 'na beth bynnag,' meddai'r hen wraig mewn tôn ddrwgdybus a chododd Robin ei olygon eto i gyfeiriad ei chwaer, yr amheuaeth wedi mynd a'r cyhuddiad yn ôl, cyhuddiad yn gymysg â dicter mud.

*   *   *   *

Nos Wener 4 Ionawr
Mae'n dda cael Robin adre'n ôl. Does ganddo fawr o sgwrs ar y gorau ond mae rhywun yn teimlo'n ddiogelach efo dyn o gwmpas y lle. Ac mae o'n tynnu rhywfaint o golyn Mam.

Hi fuasai'r olaf i gyfaddef ond mae hithau'n reit ddiolchgar o'i gael yn ôl. Mae hi wedi bod fel darn o'r cythral ers i Robin fynd i mewn. Nid bod ganddi hiraeth ar ei ôl, dydw i ddim yn credu hynny am eiliad. Teimlo'n saffach mae hithau hefyd o'i gael o o gwmpas. Sawl gwaith yn ystod yr wythnos a aeth heibio, yn enwedig cyn noswylio, mae hi wedi gofyn imi a oeddwn i wedi cofio cloi drws y llofft stabal!

Fe fu bron i'r gath ddod o'r cwd y pnawn 'ma! A fy mai i fuasai'r cyfan. Ar ôl gwneud yr esgus i fynd i gyfarfod Jeff, fe ddylwn fod wedi ffonio'r ysbyty. Digon hawdd taflu llwch i lygaid Mam ar y pryd a dweud 'mod i wedi ffonio a bod Robin yn iawn ond mae ganddi hi le i amau rŵan, ac mae hi bob amser yn fwy na pharod i wneud hynny. Ond dyna fo, cha i ddim cyfle i weld Jeff yn hir iawn eto mae'n beryg. Rwy'n poeni braidd. Bron wythnos yn hwyr!

11

Am y tair wythnos nesaf dim ond gwaith ysgafn a allai Robin ei wneud o gwmpas y fferm. Doedd wiw iddo geisio codi gormod o bwysau neu câi saethau o boen yn y graith. Ei duedd, fodd bynnag, oedd rhyfygu, nid oherwydd ei orawydd i weithio 'na chwaith unrhyw orchest ar ei ran, ond yn hytrach am na wyddai'n amgenach ac am ei fod yn anystyriol o'i gorff ei hun.

Doedd dim llawer o waith trwm i'w wneud beth bynnag yr adeg hon o'r flwyddyn a threuliai ei ddyddiau naill ai'n crwydro'r tir yn edrych ar y stoc, gan bigo'i ffordd yn ofalus ac anystwyth ar y llechweddau rhag i'w draed fynd oddi tano, neu'n mwynhau smôc wrth y tân. Roedd gwynt canol Ionawr yn llawer rhy wenwynllyd iddo fedru mwynhau mygyn yn y sgubor sinc.

'Ma' hi'n gneud gwely iawn beth bynnag,' meddai Mam un noson, gan syllu trwy ffenest fach y gegin ar yr awyr glir serennog a'r lleuad lawn. 'Synnwn i ddim na chawn ni gnwd cyn y gwelwn ni lawar o'r mis bach.'

Wythnos y parhaodd y tywydd rhew cyn i broffwydoliaeth yr hen wraig gael ei gwireddu. Roedd y ddaear, fu gynt mor wlyb, wedi caledu'n gorn, fodfeddi o ddyfnder, ac afon Dwysarn yn gul a phell dan rew. Bu rhaid i Robin ddechrau rhannu'r byrnau prin rhwng ei stoc, a sylweddoli mor grintach oedd ei ddogn. Ymlafnai, hyd nes bod chwys oer rhwng croen ei gefn a gwlanen ei fest, i hanner cario hanner llusgo'r byrnau i'r bocs tu cefn i'r tractor—byrnau na roddent drafferth iddo'u codi uchder ysgwydd cyn ei driniaeth; ac yna âi â hwynt i'w rhannu a'u chwalu ar Gae Top, Llechwedd Canol, Cae-dan-tŷ a'r Weirglodd Isa.

'Gwell i ti roi'r gwartheg o dan do cyn i'r tywydd 'ma waethygu', oedd cyngor ei fam.

Tu ôl iddi teflid cysgodion aflonydd ar syrthni'r gegin. Y tân â channwyll unig ar ganol y bwrdd a roddai hynny o oleuni ag a oedd yn y tŷ i gyd. Trwy roi taw ar Nant Fach y Ceunant roedd y rhew hefyd wedi torri ar eu cyflenwad trydan yn Arllechwedd.

'Na, ma'n nhw'n iawn ar hyn o bryd. Dydi hi ddim mor oer ar lawr Cwm. Dwi yn 'u troi nhw i mewn i'r beudy isa bob nos beth bynnag.'

Gwnaeth yr hen wraig wyneb rhyngot-ti-a-dy-betha. 'Be am y lori? Ble mae honno gen ti?'

'Allan. Ble arall? Ma' hi'n cael cysgod y beudy rhag y rhewynt.'

*   *   *   *

Drannoeth roedd cymylau wedi dechrau hel yn y dwyrain uwch y Grawcallt ac nid oedd cymaint o fin ar y gwynt.

'Mi fasa hi'n ben-blwydd ar Ifan heddiw. Trydydd o Chwefror!'

Roedd Mared wedi sylwi eisoes mor freuddwydiol oedd ei mam tra bwydai'r ieir ar y buarth ond roedd ganddi ormod o boen meddwl ei hun i bendroni ynghylch myfyrdod yr hen wraig.

'Pedwar ugian a phump fasa fo heddiw,' ychwanegodd yn freuddwydiol, ac yna gan ymysgwyd, 'Ma' 'na ddeng mlynadd ar hugian ers iddo fo'n gadal ni.'

Gwnaeth Mared syms cyflym yn ei phen. Pum deg a phump oedd Dewyrth Ifan yn marw felly! Roedd o'n edrach o leiaf ugian mlynadd yn hŷn na hynny ar y pryd. A finna'n ddeuddeg oed. Robin yn dair ar ddeg . . . a Fo yn . . . yn hŷn wedyn. Ma' 'na lawar o ddŵr wedi mynd o dan y bont ers hynny. A duw a ŵyr be sy o'n blaena ni . . . o 'mlaen i!

'Lle'r aeth Robin, deudwch?' Fe wyddai'n iawn ond gwell troi'r stori, meddyliodd.

'Mynd â bwyd i'r anifeiliaid am wn i. Dydi'r tractor ddim yn 'i gwt beth bynnag. Rwyt ti wedi bod â brecwast?' Taflodd yr hen wraig ei phen dros ysgwydd i gyfeiriad y llofft stabal.

'Ydw.'

*   *   *   *

Gwasgodd Robin y gwair orau y gallai i'r cawell wrth giât isa Cae Top. Tynnaf yn y byd y porthiant yn y rhesel, arafa yn y byd y medrai'r defaid ei gael allan. Dyna un ffordd o ddogni ac ymestyn yr ychydig oedd ganddo ar eu cyfer.

Cyn dringo'n ôl i'r tractor trodd i'r gwynt a syllu'n ddwys ar y düwch uwchben y Grawcallt. Eira! meddai wrtho'i hun, ac yn y man daeth pluen neu ddwy i wireddu'i ofn.

Erbyn iddo roi cyflenwad i'r defaid ar Lechwedd Canol roedd hi'n pluo'n go iawn a'r byd yn gwynnu'n gyflym. Tynnodd ei gap yn dynnach am ei ben a chodi coler ei siaced. Daeth geiriau'i fam yn ôl iddo, 'Ma' hi'n gneud gwely iawn'. Synhwyrodd fod y gwynt yn cryfhau.

Rhaid oedd dychwelyd i'r sgubor sinc i nôl cyflenwad arall o'r byrnau gwair i focs y tractor. Tra oedd o yno, galwodd yn y tŷ i newid ei sgidiau heolion am bâr o welingtons ac i roi hen gôt laes Dewyrth Ifan amdano; honno bellach yn foel iawn ei brethyn ac yn rhwygiadau byw.

90

Y weirglodd Isa rŵan a Chae-dan-tŷ wedyn ar fy ffordd i fyny'n ôl, meddai wrtho'i hun. Mi geith y bustych ifanc aros i mewn yn y beudy isa. Ma' 'na ddigon o fwyd iddyn nhw yn fan'no am sbel.

Y weirglodd oedd tir gorau'r fferm. Ymestynnai'n wastad oddi wrth Giât-y-rhyd i fyny at Ros Gutyn wrth odre'r Grawcallt, gyferbyn â Llwyn-crwn.

Ar ei ffordd i fyny'r ddôl gyda glan yr afon stopiodd Robin y tractor gyferbyn â chapel Gilgal—*The Haven* yn hytrach—wrth i rywbeth ddal ei sylw. Safai'r hen gapel bach â'i gefn at y Weirglodd, rhwng y ffordd a'r afon. Wrth y clawdd ar fin y ffordd gwelodd arwydd. Gwnâi'r pellter a'r eira hi'n anodd i Robin ei ddarllen ond nid oedd yn anodd dyfalu chwaith.

Mater bach fu croesi'r afon, ei dŵr wedi rhewi drosti bron.

FOR SALE
Apply: BARRETT & COLEMAN
CHESTER

Hy! Prin y buon nhw'n aros yma o gwbwl! Newid y lle i gyd ac wedyn 'i roi o ar werth. A pham uffar ma'n nhw isio rhywun o Gaer i werthu'r lle iddyn nhw?

Synnwyd ef gan sŵn plant yn chwerthin, rywle o'i ôl. Dau hogyn, i bob golwg, yn slejio ar Gae-dan-tŷ. Saeson, yn ôl eu gweiddi!

Y diawliaid bach digwilydd! O lle uffar ddoesoch chi mor sydyn? 'Oi! What you think you do?'

Tawelodd y ddau i edrych i gyfeiriad y llais blin.

'No play here! Bugger off!'

'Me dad said we could, see!' Llefnyn main, gwelw a'i wallt coch yn rhy laes i'w gap gwlân fedru'i guddio i gyd.

Aros di'r uffar bach! 'I bloody throw you and father in river if you not . . . not heglu hi reit sydyn!'

Bu gweld Robin-Dewyrth-Ifan yn llamu'r afon rew ac yn cychwyn mor fygythiol atynt yn ddigon i yrru'r ddau blentyn nerth eu traed, a'r slej o'u hôl, i lawr am Giât-y-rhyd a'r ffordd yn ôl i'r pentre. Ac wedi cael yr afon yn ddiogelwch rhyngddynt unwaith eto cododd y cochyn ei lais main herfeiddiol, 'I 'ope your bludy tractor breaks down agen!'

Sioc oedd yn aros Robin yn y beudy mawr. Pan agorodd un o'r drysau dwbl a roed yn nhalcen isa'r adeilad flynyddoedd yn ôl bellach i addasu'r lle'n garej i'r lori, sylwodd fod yr anifeiliaid yn anniddig ac yn mygu'n arw. Gan adael y drws yn gilagored o'i ôl er mwyn cael rhywfaint o oleuni a'r un pryd ofalu na fyddai'r bustych yn dianc i'r eira, gwthiodd Robin yn araf i'w canol gan graffu am achos eu hanniddigrwydd. Clywai'r stlumod yn cynhyrfu yn y trawstiau uwchben.

Suddodd ei galon pan welodd un o'r lloi blwydd yn gorwedd yn llonydd o dan draed y lleill. Diawliodd dan ei wynt a phlygu i edrych arno. Roedd yn dal i anadlu beth bynnag, yn wlyb trwy ffroenau swnllyd, ei lygaid yn llawn dychryn.

Am yn agos i ddeng munud ofer bu'n stryffaglio i gael yr anifail ar ei draed. Dyna unig obaith y creadur os nad oedd am gael ei sathru i farwolaeth. Tynnodd yn ei wddf, yn ei glustiau, yn ei gynffon, hyd nes bod yr ymdrech yn creu straen poenus yn y graith. Doedd dim yn tycio.

Be uffar wna i? Os bydd hwn farw, chlywa i mo'i diwadd hi.

Ac yna, yn sydyn, daeth darlun o'r gorffennol pell yn ôl iddo. Yn blentyn yn y mart efo Dewyrth Ifan, ac un o warthe rhyw ffarmwr neu'i gilydd yn gwrthod codi. Roedd yr ateb gan y ffarmwr hwnnw, pwy bynnag oedd o, a buan iawn wedyn y neidiodd yr hen fuwch ar ei thraed, cofiodd Robin.

Wel, does 'na 'mond trio, a gobeithio'r gora.

Estynnodd ei dun baco o'i boced a thynnu allan jou go lew rhwng bys a bawd. Gwthiodd ef yn anfoddog i'w geg a'i droi'n gyflym ar ei dafod gan ddefnyddio'i ddannedd i'w wasgu hyd nes cynhyrchu sug atgas. Yna cydiodd ynddo ac wedi poeri gweddill y chwerwedd o'i geg, gwthiodd ef yn greulon i lygad yr anifail gorweddog.

Llanwyd y beudy mawr â sŵn un mewn artaith hyd nes bod y lloi eraill yn sgrialu i bob cyfeiriad ac eto heb unlle i fynd. Ysgydwai'r un dioddefus ei ben yn ffyrnig i geisio ymwared a brwydrai'n stwrllyd i godi ar ei draed.

O'r diwedd, ac er mawr ryddhad i Robin, roedd ar ei draed, yn nadu fel peth lloerig ac yn dal i ysgwyd ei ben yn ddall o'r naill ochr i'r llall.

Ma' 'na fwy nag un ffordd o gael Wil i'w wely, mêt! A cheith Mam ddim edliw nad ydw i'n medru ffarmio!

Clochdar yn feddylgar felly yr oedd pan welodd y llall. Daeth i'r golwg trwy'r holl aflonyddwch a suddodd calon Robin eilwaith i'w sgidiau.

Fyddai holl faco siop Gwladys yn y pentre yn tycio dim efo hwn. Roedd yn gorffyn oer a stiff.

'Damia! Damia! Damia! Damia!' Ac wrth i'w fytheirio waethygu ailgynhyrfwyd yr anifeiliaid a gwibiodd y stlumod yn stwrllyd uwchben.

Tu allan roedd gwynt y Grawcallt yn chwyrlïo'r eira yn flanced aflonydd wen. Sylwodd Robin fod y plu wedi rhoi lle i beth manach, trymach.

Eira mân eira mawr! Lluwchfeydd! A suddodd ei galon wrth feddwl am y trafferthion yn yr arfaeth.

*   *   *   *

'Fe ddeudis i ddigon wrthat ti, ond wrandit ti ddim. O na, roeddet ti'n gwbod yn well. Ddim mor oer ar lawr Cwm! Y gwarthag yn iawn allan yn ystod y dydd.'

'Be wyddwn i, ddynas?' Roedd gweflau llawn Robin a'i lais yn bwdlyd i'r eithaf. 'Ma' rhaid bod 'na rwbath arall yn bod arno fo. Mi ofynna i i Huw Ellis Ffariar alw i weld be.'

'Wnei di ddim o'r fath beth!' Safai Mam yn fygythiol tu cefn i gadair Robin yn gweiddi'n orffwyll. 'I be gythral yr a' i i ragor o gosta? Mi fasa unrhyw brentis ffarmwr, neu brentis unrhyw beth arall o ran hynny, wedi medru deud wrthat ti 'i bod hi'n rhy afresymol o oer ddoe i unrhyw beth ond dafad fod allan. Ond does dim siarad efo ti nag oes? On'd wyt ti'n gwbod yn well na neb?'

'Ond roedd hi'n braf ddoe Mam, os oedd hi'n oer.' Nid ceisio achub cam ei brawd yr oedd Mared yn gymaint â chadw'r ddysgl yn wastad ac adfer tipyn o heddwch ar yr aelwyd.

Tu allan roedd gwynt y dwyrain yn dal i grochlefain, yn feichiog dan eira, a ffenest ddilenni'r gegin wedi'i gorchuddio'n wyn.

Trodd yr hen wraig yn ffyrnig arni hithau. 'Paid titha â dangos d'anwybodaeth! Pa ffarmwr gwerth 'i halan sy'n gadael anifeiliaid ifanc fel'na allan yn y fath rewynt? Doedd 'na ddim porfa iddyn nhw beth bynnag, roedd honno wedi rhewi'n glap. Felly be gythral oedd y pwynt yn 'u gadal nhw allan o gwbwl? Y?'

Cuddiodd Mared ei hwyneb yn ei dwylo uwchben y llyfr ond doedd dim gobaith canolbwyntio ar ei gynnwys. Roedd ganddi bethau amgenach na phroblemau Robin a'i mam i boeni yn eu cylch.

'Dwi'n mynd i daflu golwg ar Fo,' meddai hithau'n swta

ac yn groes, 'rhag ofn bod y tywydd stormus 'ma'n 'i anesmwytho fo.'

Anwybyddodd ei mam hi a throi drachefn ar Robin. 'A pheth arall! Mi fydd rhaid iti fod ynghylch dy betha'n gynnar ar y diawl fory, 'machgan i! Mi fydd hannar dy ddefaid di wedi'u claddu yn y lluwchfeydd 'ma.'

'Dwi'n gwbod, ddynas! Dwi'n gwbod!' A gwnaeth ystum o deimlo'i graith, i atgoffa'i fam nad oedd o eto wedi llwyr adfer ei nerth. Y peth olaf a ddisgwyliai serch hynny oedd cydymdeimlad ac aeth ymlaen yn herfeiddiol, 'Dydi o'n beth rhyfadd, deudwch? Fy ngwarthag *i* ydan nhw, a nefaid *i* ydan nhw pan ma' isio gweithio fel dyn gwyllt i edrych ar 'u hola nhw ond pan ma' 'na rwbath yn digwydd, eich collad *chi* ydi hi!'

Agorodd yr hen wraig ei cheg i ateb ond roedd y gwynt yn hwyliau Robin.

'A pheth arall! Dach chi'n cyfeirio ata i fel ffarmwr. Dydw i'n ddim byd ond gwas bach yma, ddynas! Eich ffarm *chi* ydi hi, nage, ffarm Dewyrth Ifan wrth gwrs!' ychwanegodd yn sarrug, 'Fel' dach chi mor barod i f'atgoffa i'n amal.'

*   *   *   *

Hyd yn oed wrth groesi'r buarth, a'r gwynt yn byddaru a'r eira yn mygu pob sŵn, gallai Mared glywed y ffraeo o'r gegin fel rhyw rwnan pell. Ysgydwodd ei phen mewn anobaith.

Bu'n rhaid iddi wthio trwy drwch o eira oedd wedi lluwchio yn erbyn drws y tŷ ac roedd y buarth o dan tua phedair modfedd eisoes. A rhagor i ddod . . . *yn* dod, meddai wrthi'i hun. Heth go iawn.

Cymerodd ddigon o ofal ar y grisiau cerrig rhag llithro, tynnodd y bollt a rhoi golau'r dorts ymlaen wrth gamu i

mewn. Neidiodd y truan â gwich o ofn a sgrialu i'w gongl
yn gryndod i gyd. Fflachiai'i lygaid yn fawr ac yn wyllt tra
disgleiriai'r glafoer ar ei weflau coch. Sylwodd Mared ar
y cen gwyn atgas yn drwch dros y tafod.

Am eiliad camgymerodd ei ofn. Methai â deall yr
arswyd ynddo a thybiodd mewn ton o ddychryn fod
Dewyrth Ifan yno'n aflonyddu unwaith eto. Ond doedd
heb yno ond hwy ill dau. Yna, wrth sylweddoli achos y
cyfan, chwarddodd yn ddihiwmor ond â chryn rhyddhad.
Roedd yr eira wedi glynu'n gôt wen drosti a doedd *Fo*
ddim wedi'i nabod hi.

'Fi sy 'ma sti,' meddai'n gysurlon gan gribo'r gwynder
o'i gwallt â'i bysedd.

Tawelodd yr ofn ryw ychydig yn y llygaid a daeth i
feddwl Mared nad oedd o wedi gweld golygfa debyg o'r
blaen. Be wyddai'r creadur bach be oedd eira hyd yn oed?
Cydiodd yn ei law gyndyn a'i gymell at y drws i fod yn dyst
o'r olygfa tu allan ond doedd dim amgyffred yn y llygaid,
dim ond gwacter lloerig.

Gwthiodd hi'r bollt yn ddiogel i'w le a dychwelodd, yn
oer ac isel iawn ei hysbryd, i dŷ tywyll. Roedd y storm yn
fan'no o leia wedi gostegu, ond heddwch anniddig
ydoedd.

*   *   *   *

Nos Lun 4 Chwefror
Rhwng popeth, dyddiadur bach, rwyf bron â hurtio. Byd
gwyn tua allan ond du iawn ydi bywyd yn Arllechwedd
'ma. Rhyw felancolia dwfn yn sylfaen i bob dim rywsut—
min nosau tywyll, maith, cecru di-fudd di-ben-draw,
syrffed yr undonedd ac ofn yr hyn nad yw'n wybyddus.
Hwyrach mai fi'n unig sy'n ei synhwyro ond mae

presenoldeb Dewyrth Ifan yn drwm ar y lle. Duw a'm gwaredo!

Be wna i? Dros ddau fis bellach! Alla i mo'i gadw i mi fy hun lawar yn hwy. Mi geisiais sicrwydd gan Jeff y tro diwetha i mi ei weld. Roedd o'n berffaith sicr o'i betha. Amhosib, medda fo, ond dwn i ddim a fedraf ei goelio. Wedi cael fasectomi neu rywbeth. Rhyw fath o salwch am wn i, fel na fedr o gael plant byth eto. Erbyn hyn, a finnau mor siŵr fel arall, mae'r wybodaeth honno'n destun llawer iawn mwy o boen nag o gysur imi. Dduw annwyl! Be wna i?

12

'Does gen ti fawr o ddewis, nag oes? Rhaid iti fynd!'

Newydd orffen rhawio llwybr o'r drws at risiau'r llofft stabal a drws yr ieir yr oedd Robin ac yn syllu'n anobeithiol ar y lluwchfeydd enfawr o gwmpas y buarth. Prin bod sôn am y giât ac roedd blaen y tractor bach yn ei gwt di-ddrws yn fynydd o eira, fel roedd y domen dail wrth ddrws anweledig y beudy. Doedd y Grawcallt ddim i'w gweld, yr awyr yn llawn o eira o hyd. Yr unig gysur oedd bod y gwynt wedi gostegu rhywfaint.

'Glywist ti be ddeudis i?'

'Uffar dân, ddynas! Do! A mi rydw i ar gychwyn rŵan! I neud yn siŵr bod eich gwartheg *chi,* a'ch defaid *chi* yn iawn. Pe baech chi rywfaint diolchach!' Geiriau llawn surni.

Er iddo chwysu cryn dipyn wrth glirio'r llwybr, eto i gyd estynnodd gôt Dewyrth Ifan oddi ar ei bachyn a'i thaflu'n ddiamynedd amdano. Roedd eisoes wedi gwisgo

trowsus oel a welingtons. Botymodd ei siaced a chlymu'r
gôt laes â darn o linyn-bêl cyn camu allan i fyd dan amdo.

'Oes rhaid ichi fod mor gythreulig o anystyriol efo fo?'

Gwelodd Mam y gwrid ar gernau Mared a'r mellt yn ei
llygaid a synnodd braidd. Doedd hi ddim yn arfer bod
mor amlwg wrthryfelgar nac mor barod ei thafod â'i
brawd.

'Be sy wir sy wir! Doedd ganddo fo ddim dewis nag
oedd, ne mi gollwn ni'r defaid i gyd. Be sy'n dy gorddi di
beth bynnag? Ma' 'na rywun wedi tynnu blewyn o dy
drwyn di!'

Chi, ddynas! Chi! Chi sy'n 'y nghorddi i! Ond troi heb air,
a rhedeg i'r llofft a wnaeth hi rhag i Mam sylwi ar y dagrau
gloyw oedd yn cronni. Dagrau o rwystredigaeth, dagrau
o bryder. A phe rhoddai ffrwyn i'w dychymyg, dagrau o
arswyd pur hefyd.

'Hy!' A throdd yr hen wraig i gau'r drws rhag i ragor o
eira chwythu i mewn a gwlychu llawr-cerrig-glas y gegin.
Roedd Robin at ei hanner mewn lluwch yn gwthio'i
ffordd allan o gwt y tractor â rhaw ar ei ysgwydd ac yn
anelu am gornel isa'r buarth, lle dylai'r giât fod.
Treiddiodd cri undonog o'r llofft stabal, cri plentyn di-
ddeall yn ei ddifyrru'i hun. Caeodd Mam y drws yn glep.

*   *   *   *

Pnawn Mawrth 5 Chwefror
Roedd yn rhaid dianc neu sgrechian a chrio. Mae
pethau'n dod i'r pen arnaf; bydd rhaid dweud wrthi *hi*
gyda hyn. Medraf ddychymygu'i bytheirio!

Ond nid dyna fy mhoen mwyaf, ddyddiadur bach. Fe
wyddost ti beth yw hwnnw. Rwy'n ceisio ymresymu nad
ydi'r peth ddim yn bosib, mai dychymyg gwirion ydi'r

cwbl, mai Jeff sy'n gyfrifol wedi'r cyfan ond ar adegau mae'r ofn yn fy llethu. Beth pe bai . . . ? Alla i ddim rhoi geiriau i'r ffieidd-dra rwy'n deimlo. Roeddwn i'n ifanc y tro diwetha. Faint! Bymtheng mlynedd yn ôl, a'm plentyn yn holliach. Duw a faddeuo i mi! Gobeithio'i fod yntau wedi maddau imi hefyd, y bod na chafodd fyw. Ond mae arnaf ofn hwn. Arswyd o'r hyn fydd o. Alla i ddim dianc rhag hynny, ddim â *Fo* yn y llofft stabal i'm hatgoffa! Beth pe bawn yn geni rhywbeth tebyg i *Fo?* Mae pethau felly'n medru rhedeg mewn teulu, medden nhw—erthyl o frawd a rŵan, hwyrach, erthyl o fab hefyd. Duw a'm gwaredo!

Rhaid magu plwc gyda hyn, a thorri'r garw i Mam. Be ddwedai hi pe bai'n gwybod am fy ofnau? Be ddwedai unrhyw un? Chwerthin am fy mhen!

*   *   *   *

O gadw'n ddigon pell oddi wrth y cloddiau a'r pantiau y gwyddai amdanynt mor dda medrodd Robin droedio'n weddol ddidramgwydd i lawr Cae-dan-tŷ. Yno, ac ar y Weirglodd Isa yn rhywle yr oedd y rhan fwyaf o'r defaid, er bod rhai yn dal ar y Llechwedd Ucha a Chae Top. Gallai weld nifer ohonyn nhw'n awr yn troi'n ddiamcan yn eu hunfan mewn byd mor ddieithr. Ond gwyddai hefyd fod nifer dda arall o'r golwg yn y lluwchfeydd ym mhen ucha'r ddôl, wedi'u hudo yno gan gysgod twyllodrus y clawdd. Roedd y gwynt yn medru troelli'n ffyrnig yn y rhan honno o'r Cwm wrth ddod i lawr dros y Grawcallt a Rhos Gutyn.

Erbyn canol y bore roedd nifer y defaid oedd yn y golwg ar y ddôl wedi cynyddu'n sylweddol a Robin yn laddar o chwys yng nghanol y lluwch. Glynai côt Dewyrth Ifan wrth ei drowsus oel, yn drwm o wlyb o'i hanner i lawr.

Dyna nhw i gyd, goelia i, meddai wrtho'i hun. Gwyliodd dair arall yn brwydro'n ddiolchgar trwy dwnnel a agorwyd mor annisgwyl iddynt. *Does 'na 'mond congol uchaf Cae-dan-tŷ eto, bora 'ma beth bynnag. Mi geith Llechwedd Canol ac Ucha a Chae Top aros tan pnawn.*

Doedd ond un lle ar Gae-dan-tŷ i'r eira luwchio iddo a lle gallai'r defaid fod wedi ceisio lloches. Hanner awr a gymerodd i Robin ryddhau dwy ddafad o fan'no, ac i sicrhau nad oedd rhagor wedi'u claddu yn y lluwch.

Golwg sydyn ar y gwarthag rŵan. Ac edrych ymlaen yr un pryd at smôc gynta'r dydd, yn y beudy isa. Roedd y dasg o gludo bwyd i ddefaid y weirglodd yn ei aros eto cyn cinio ac ar y funud nid oedd ganddo'r syniad lleia sut i ymgodymu â'r gwaith hwnnw heb y tractor.

Fe'i gwelodd gynted ag yr agorodd y drws, yn gorwedd mewn lle clir ar ganol y llawr, y bustych eraill yn cadw cyn belled ag y gallent oddi wrtho. Doedd dim amhawster i'w adnabod; roedd y llid coch i'w weld o hyd yn y llygad—llygad marw.

Cydiodd anobaith dwfn yng nghalon Robin-Dewyrth-Ifan; aeth ei smôc yn angof a chychwynnodd yn ddienaid yn ôl am y tŷ.

13

Parhaodd yr heth am ddeng niwrnod ac er i'r gwynt wedyn droi i'r de-orllewin ac iddi ddechrau meirioli'n gyflym, eto i gyd glynodd y gwynder wrth y llethrau am weddill y mis bach.

Erbyn hynny roedd Robin wedi medru cyfri'i golledion. At y ddau fustach bu'n rhaid ychwanegu pum dafad oedd naill ai wedi'u gadael ar ôl mewn camgymeriad ar y borfa mynydd neu, ym marn Mam, wedi dianc yn ôl yno drwy'r bwlch yr oedd Robin yn honni ei fod wedi'i gau dri mis ynghynt.

Y golled fwyaf i'r hen wraig, fodd bynnag, fu darganfod Mic un bore yn gorffyn oer wrth ei gadwyn. Haerai Mared iddi weld deigryn yn llygad ei mam ond chwerthin yn chwerw a wnaeth Robin o glywed hynny. 'Anodd gen i gredu'r fath beth ond mi ddeuda i gymint â hyn wrthat ti; mi fasa'n haws gen i gredu hyn'na na derbyn y basa hi'n colli deigryn pe bai 'ngwaed i'n fferru.'

Mis o gecru diddiwedd fu hi a Mared yn gweld ei brawd yn mynd yn barotach ac yn fwy diamynedd ei ateb bob dydd. Dychrynwyd hi unwaith pan welodd ef yn rhuthro'n wyllt am y procer a'i godi'n fygythiol i gyfeiriad Mam ond dal ei thir yn ddirmygus a wnaeth yr hen wraig a Robin wedyn, yn ôl ei arfer, yn pwdu a mynd i'w gragen.

Celu a chelu ei phryder a wnâi Mared o ddydd i ddydd, rhag ychwnaegu at yr holl annifyrrwch ar yr aelwyd. Ond roedd gohirio'r annymunol cyhyd ynddo'i hun yn ychwanegu'n ddiangen at bryder oedd eisoes wedi mynd â'r holl liw o'i gruddiau a rhoi cleisiau duon o dan ei llygaid. Roedd y croen o boptu'i thrwyn wedi tynhau a'i hwyneb yn feinach nag y bu. Wrth y bwrdd ni wnâi fwy na phigo'r bwyd oddi ar ei phlât.

Daeth pethau i ben un bore Llun, yr unfed ar ddeg o Fawrth, ar ôl Sul o bendroni ac atgofio, o ddychmygu ac arswydo. Dyna ddrwg dydd Sul, roedd yn ddiwrnod mor swrth a'i oriau'n llusgo.

Roedd y penderfyniad wedi'i ffurfio'n derfynol yn ystod oriau effro'r nos a phan ddaeth Mared allan i ben y grisiau cerrig drannoeth gyda'r ychydig lestri budron yn ei dwylo a gweld Mam yn cymell yr ieir i bigo ar glwt di-eira o'r buarth, dyma ymwroli. Roedd Robin yn siŵr o fod yn ddigon pell o'u clyw.

'Tri mis? Tri mis ddeudist ti?'

Eiliadau o syllu anghrediniol a'r ferch, o'r diwedd, yn gostwng ei golygon yn gyndyn euog.

'Tri mis? Lle uffar wyt ti 'di bod na fasat ti 'di deud wrtha i'n gynt?'

'Peidiwch â gweiddi, Mam.' Llais tawel, edifeiriol. 'Pa wahaniaeth pe bawn i wedi deud ynghynt?' Roedd tri blewyn y ddafaden yn plycio'n ffyrnig.

'Gwahaniaeth, ddeudist ti? Pa wahaniaeth? Fedri di ofyn cwestiwn mor dwp?' Yn hytrach na gostwng ei llais roedd hi'n gweiddi mwy. 'Yli, anodd fydd petha rŵan!'

Teimlodd Mared beth o'r euogrwydd yn ei gadael wrth deimlo'r angen i'w hamddiffyn ei hun.

'Wel, deudwch y gwir. Fasa fo wedi gneud rhywfaint o wahaniaeth? Fis, dau fis yn ôl, gwylltio fel hyn fasach chi wedi'i neud 'run fath yn union, fel pe baech chi'ch hun yn gwbwl ddihalog.'

'Paid ti â chodi dy lais ata i, yr hoedan fach! Nac edliw! Na defnyddio dy eiria ffansi chwaith. Ti'n gwbod be 'di dy wendid di wedi bod erioed, yn dwyt?' Roedd ei llais wedi codi'n sgrech bron. 'Rhy barod i ledu dy goesa'r butan fach!'

Ffrwydrodd Mared hefyd. 'Peidiwch chi â 'ngalw i'n butan.'

'Be arall wyt ti ond hwran? Sgin ti syniad pwy ydi'r tad! Nag oes ma'n siŵr.'

'Putan? Hwran? Pwy uffar 'dach chi i siarad ac i daflu'ch bustul?'

Daeth sŵn drws y llofft stabal yn cael ei ysgwyd a

chododd ton o grochlefain dig ond roedd y ddwy yn fyddar iddo.

'A 'dach chi'n gofyn pwy ydi'r tad? Wel, hwyrach y bydd raid i 'mhlentyn inna alw'i dad yn Dewyrth ne rwbath felly hefyd!'

'Gan bwyll, y gnawas!' Roedd llygaid yr hen wraig yn melltennu a'i cheg yn glafoerio. 'Mesur dy eiria'n well! Pwy ydi o?' Ac yna'n ddistawach, yn fwy petrus, 'Yr un un ag o'r blaen?'

Chwarddodd Mared yn wawdlyd. 'Mi fasach chi'n licio gwbod yn basach!'

'Atab fi'r munud 'ma! Ydi o'n perthyn iti?'

Roedd y drws uwch eu pennau'n cael ei ysgwyd yn lloerig a'r crochlefain wedi troi'n un waedd ofidus, hir. Sobrodd Mared drwyddi a gostyngodd ei llais.

'Yn perthyn imi? Falla'i fod o. Falla'n wir 'i fod o.'

Ni chlywodd Robin ymateb olaf ei chwaer ond bu yno wrth dalcen cwt y tractor yn ddigon hir i ddeall beth oedd yn digwydd. Gwelodd ei fam yn brasgamu'n ffyrnig yn ôl i'r tŷ a Mared yn llusgo'i thraed ar ei hôl.

'Y Sais uffar!' sgyrnygodd, a chryndod ei dymer, yn gymysg ag oerni'n meirioli, yn rhedeg drosto. 'Aros di i mi gael gafal arnat ti.'

*   *   *   *

Ryw ddwyawr a hanner yn ddiweddarach, pan gerddodd Robin i'r gegin am ei ginio doedd dim math o sgwrs rhwng y ddwy, dim ond prysurdeb diangen i lareiddio'r straen. Llyncodd ei fwyd, dau wy wedi'u berwi a llwyth o fara menyn, ac aeth allan yn ôl i'r caeau. Doedd ganddo yntau ddim i'w ddweud chwaith, wrth ei fam nac yn sicr wrth Mared.

Uwchben roedd y cymylau'n chwalu gan ddangos ambell lygedyn o haul. Anelodd am y beudy mawr gan sylwi'n ddiolchgar bod yr eira'n cilio'n gyflym oddi ar y Weirglodd a'r llethrau isaf. Roedd clytiau sylweddol o laswellt yn dod i'r golwg a hwnnw, er yn ddigon llwm yr olwg, yn welltyn y medrai'r defaid o leia gael eu dannedd arno. Diolch am hynny! Roedd y byrnau yn y sgubor sinc yn bethau prin iawn bellach.

Mi fydd rhaid imi drio cael mwy o wair i mewn erbyn gaea nesa. Ma'r byrna mawr 'ma i'w gweld yn dipyn amgenach petha, ond mi fasa'n costio tipyn mwy i'w gneud nhw hefyd! Ma'n dibynnu be ddeudith Mam sut bynnag. Twt! Falla mai gaea tyner gawn ni flwyddyn nesa beth bynnag ac na fydd 'u hangen nhw i'r un gradda â 'leni.

Cyrhaeddodd ddrws y beudy a chofio â diflastod am y colledion a gafodd ychydig dros wythnos ynghynt. Roedd cyrff y ddau fustach yn dal i orwedd rywle yn y lluwch gerllaw ac yno y caent fod hyd nes y byddai ef yn ddigon 'tebol i wneud rhywbeth ynglŷn â nhw neu hyd nes y câi help Harri Llwyn-crwn i gael gwared arnyn nhw.

Am ddeuddydd neu dri ar ôl y drychineb honno roedd wedi arswydo bob tro wrth gamu i wyll y beudy rhag gweld enghraifft bellach o'i 'fethiant fel ffarmwr', chwedl Mam. Ond ni fu colled arall, diolch i'r drefn, a heddiw sylwodd Robin, â pheth boddhad, fod y bustych yn fwy diddig a bywiog, fel pe baen nhw'n synhwyro'r newid yn yr hin.

Aeth draw i ben pella'r adeilad a dringo'r rhwystr a gadwai'r anifeiliaid rhag y stoc fechan o wair oedd ar ôl yno. Digon am ryw dridiau, meddyliodd wrth lwytho peth o'r bwyd drosodd iddynt.

Ar ei ffordd allan gwthiodd ei law i dwll yn y wal wrth ymyl y drws a thynnu allan oriad y lori. Llawn cystal imi roi tro yn hon, meddai wrtho'i hun, rhag i'r batri fynd yn rhy isal.

Rhygnu caled oedd unig ymateb y peiriant a chyn hir, wrth i Robin ddyfalbarhau, cododd cwmwl o fwg o'i gyfeiriad.

'Be uffar sy rŵan?'

Dringodd allan ac wedi sgubo'r eira'n ddiamynedd efo'i law oddi ar ben blaen y lori cododd y boned i gael golwg.

Nid oedd yn ddigon o fecanic i ddisgwyl gweld dim—o leia dim a fyddai'n golygu unrhyw beth iddo. Ond fe gafodd ei synnu a'i siomi yr un pryd. Roedd crac mawr ym mloc yr injan; rhew y dyddiau oer wedi gwneud ei waith ar hon fel ar yr anifeiliaid.

Llifodd ton o ddiffrwythdra ac anobaith drosto a thon arall o ddicter yn syth ar ei chwt. Un peth ar ôl y llall! Gollyngodd foned y lori yn filain a swnllyd i'w le. *Sut uffar ydw i'n mynd i ddeud wrth Mam? Fy mai i fydd hyn eto yn 'i golwg* hi.

Roedd meddwl am hynny'n ormod iddo. Trodd yn ddig heb wybod beth i'w wneud na ble i fynd nesa; ei unig fwriad oedd dianc rhag llwyfan ei ofid. Yn ddiarwybod bron anelodd am ben ucha'r Weirglodd gan ddilyn glan yr afon, ei lygaid yn syllu'n ddall o'i flaen. Prin ei fod yn ymwybodol o'r haul yn taro'n gynnes ar ei war nac o oerni ei draed wrth i'r eira lynu'n facsiau trwm o dan ei sgidiau.

'Excuse me!'

Pe bawn i wedi bod yn iawn fasan ni ddim wedi cael y fath golledion. Dwi wedi bod yn wan ar ôl yr opyreshyn, yn methu dod i ben â'r gwaith. Sgin i'm help am hynny! Diflannodd y dicter eto o dan len o bruddglwyf a hunandosturi. Ac eto, roedd cysur mewn meddwl felly.

'Excuse me! Can't you hear me?'

Trodd i gyfeiriad y llais mursennaidd oedd wedi treiddio mor ddigywilydd i'w fyfyrdod.

Ar lan bella afon Dwysarn, gyferbyn ag ef a rhyngddo a chapel Gilgal, safai dyn rhy fawr i'r llais a glywsai Robin eiliadau ynghynt. Gwisgai gôt-croen-dafad a glynai'i wallt brith yn dynn wrth ei ben er gwaetha'r awel a ddôi i fyny'r Cwm. Roedd ei drwyn rhy goch a'i wedd wridog, afiach yn arwydd o fyw bras.

'Can you help me, please?' Llais main, cras yn cael ei wthio rhwng dannedd caeëdig.

'What you want?' Am eiliad daeth i'w feddwl fod ar y dieithryn eisiau cymorth i groesi'r afon. Wedi'r cyfan roedd ganddo welingtons am ei draed.

'My name is Davison, George Davison. Can you tell me who owns this land?' Lledodd ei ddwyfraich, cledrau'i ddwylo ar i fyny, gan arwyddo'r llain o dir o boptu capel Gilgal rhwng yr afon a'r ffordd.

'Why you want to know?' Roedd llais undonog Robin yn adlais o'r syrffed a deimlai.

'Pardon? I can't hear you, sir.'

I be gythral ma' hwn isio'n syrio fi? 'Why you want to know?' Yn uwch y tro hwn, fel bod ei lais yn cario dros li'r afon.

'Well, I've just bought this property you see.' Cododd law dros ysgwydd i gyfeiriad y capel bach. 'The Haven, and I am interested in acquiring some extra land.'

'Pam?'

'Pardon?'

'Why?'

'Well, I've bought the place for my daughter and her husband. They're planning to open a riding-school—pony—trekking and all that, you know.' Gwnaeth arwydd arall â'i law, i gyfeiriad Rhos Gutyn a'r Grawcallt y tro hwn, cystal ag awgrymu bod y tir comin hwnnw'n ddelfrydol i'r bwriad oedd ganddynt. 'This strip of land between the river and the road would be adequate for stables and an indoor riding arena.'

Syllu'n ddigon hurt a diddeall a wnâi Robin-Dewyrth-Ifan. Roedd wedi deall y bwriad i gadw ceffylau ond ni fedrai amgyffred y geiriau olaf.

Wrth weld yr olwg bwdlyd, styfnig ar wyneb y ffarmwr a'r edrychiad gwag yn ei lygaid, taflwyd y Sais oddi ar ei echel braidd.

'Well?' meddai o'r diwedd, gan nad oedd ateb yn dod. 'Does the land belong to you?'

'Not for sale!'

Gwnaeth y dieithryn ymdrech amlwg i ffrwyno'i rwystredigaeth. 'I'm sure we could come to an agreeable understanding if we could only discuss it at greater length ...' Ond diflannodd ei eiriau olaf yn sŵn byddarol dwy awyren, y naill ar gwt y llall, yn gwibio'n isel i fyny'r Cwm.

'Can we discuss it?' gwaeddodd wedyn. 'Can you come over to talk?'

O glywed y codi llais sydyn roedd dwy wraig—mam a merch—a gŵr ifanc wedi ymddangos heibio i dalcen yr adeilad.

'Not for sale!' Ac ailgychwynnodd Robin, yn gwbl ddidaro, ar ei hynt i fyny'r ddôl.

'Good heavens, man! Surely we can discuss the matter. In a civilized way.' Un peth amlwg amdano erbyn hyn oedd bod ei hyder arferol yn treio'n gyflym, hyder gŵr oedd wedi arfer cael ei ffordd mewn materion o'r fath. Ond nid efo Robin-Dewyrth-Ifan!

Doedd ond un ffordd o gael y gorau ar Sais fel hwn—ei anwybyddu. Wrth gwrs, pe bai'r tir-dan-sylw yn perthyn i Arllechwedd yn hytrach na Llwyn-crwn, mater arall fyddai hynny. Gallai'r arian am y llain fod gymaint â gwerth y ddau fustach ac injan newydd i'r lori efo'i gilydd!

'What an arrogant man!' Llais merch.

Be uffar ma'r gair yna'n 'i feddwl?

'Hm! Bear in mind, dear, that we're dealing with the back-of-beyond here.'

Be ddiawl ma' hyn'na'n 'i feddwl 'ta? Ti'n gweiddi digon i mi dy glŵad di beth bynnag, yr uffar mawreddog.

'Don't worry. No doubt he has his price.'

Aeth y sylw hwnnw efo'r gwynt a Robin yn rhy bell i'w glywed. Pe bai o wahaniaeth p'run bynnag.

*   *   *   *

Er nad oedd gwaith yn galw, aeth Robin allan wedyn ar ôl te gan fod yr awyrgylch yn y gegin yn un y gellid ei thorri â chyllell. Hawdd gweld bod taeru pellach wedi bod rhwng y ddwy a doedd ganddo ef fawr o amynedd â Mam a llai o gydymdeimlad â Mared. Mynnai'r olygfa annisgwyl yn y beudy isa ei gwthio'i hun o hyd ac o hyd i lygad ei gof. Honno oedd achos gwewyr presennol ei chwaer a'i bai hi, Mared, yn rhannol, oedd yr holl lanast. Ma' hi'n haeddu diodda, meddyliodd, ond ma'r blydi cochyn o Sais 'na'n haeddu diodda hefyd, ac os daw'r cythral rwla'n agos i'r lle 'ma eto . . .!

Pwysai ar wal isa'r berllan yn gorffen ei smôc ac yn syllu i gyfeiriad Rhyd-y-gro. Roedd golau'r dydd yn prysur ballu. Serch hynny, hyd yn oed o'r pellter hwnnw, gallai weld y graith ar wyneb y tir wrth Ryd Isa.

Lower Ford o ddiawl! Ac mewn fflach o weledigaeth gwelodd arwyddocâd yr *United* yn enw'r cwmni. Dôl-haidd a Chae'rperson wedi dod ynghyd i reibio llawr y Cwm. Sodlodd Robin yn ffyrnig ar stwmp sigarét ac wrth deimlo'r gwaed yn codi'n boeth i'w ben trodd a chamu'n gyflym am y tŷ.

Roedd y buarth yn llawn o riddfan torcalonnus. Edrychodd mewn anobaith a pheth tristwch i gyfeiriad y llofft stabal cyn brysio i'r gegin a chau'r drws yn swnllyd ar ei ôl. Eisteddai Mam a Mared benben o boptu'r tân. Ma' gwell dealltwriaeth rhyngddyn nhw, meddyliodd Robin yn syth.

*   *   *   *

Noswyliodd y ddwy yn gynharach nag arfer a symudodd yntau'n ddiolchgar i'w gadair arferol ger y tân, yr un a hawliwyd gan Mared, yn rhyfedd iawn, gydol y min nos. Cydiodd mewn blocyn heb fod yn rhy fawr o'r pentwr sych ar y ffendar, ei wthio i'r ychydig gochni oedd ar ôl yn y grât a gwylio'r fflamau yn llyfu'r rhisgl. Gwyrodd ymlaen i deimlo'r gwres a theimlo'r ddwy loeren goch yn ffurfio ar ei fochau. Tu allan, roedd y gwynt wedi codi ac yn chwibanu'n felancolaidd yn noethni'r canghennau.

Fel rheol deuai bodlonrwydd ar adeg fel hon,—y tŷ yn dawel, smôc ddiwarafun a chysur ar aelwyd. I'r gwrthwyneb heno. Llosgid ef yn hytrach gan holl anniddigrwydd y dydd a'r rhesymau drosto; noethni Mared a'r Sais yn y beudy isa a chyflwr ei chwaer erbyn hyn, y llanast ar y lori, y Sais-pres-mawr a'i gynlluniau. *Os ceith o lonydd mi fydd yr uffar yna wedi gneud cymint o lanast ym Mlaen-cwm ag y mae'r diawliaid erill 'na'n 'i neud wrth Rhyd Isa!*

Aeth y smôc yn ddim a diffodd ohoni'i hun rhwng y gweflau gwlyb. Teimlodd Robin-Dewyrth-Ifan y syrthni yn llifo'n drwm drosto.

*   *   *   *

Nos Lun 11 Mawrth
Bu heddiw'n ddiwrnod a hanner!

Rhyddhad mawr cael torri'r garw efo Mam. Beth bynnag ddigwydd rŵan mae'r gwaethaf drosodd; y boen meddwl wedi mynd, diolch i'r drefn. Gwirion fu oedi cyhyd. Mam fel darn o'r cythral pan glywodd gyntaf ac wedi bod yn gwerylgar drwy'r dydd. Amau Robin mae hi eto! Y creadur hwnnw'n cael ei feio ar gam y tro yma, ond be wna i, ddyddiadur bach?

Mae yntau wedi bod yn bigog a chroes hefyd. Amlwg ei fod wedi deall fy nghyflwr, er Duw a ŵyr sut. Mae i'w weld yn ei lygaid—y cyhuddiad, y genfigen, y dicter. Yntau hefyd, fel Mam, yn meddwl ei fod yn gwybod pwy ydi'r tad. Cofio'r beudy mawr mae o, wrth gwrs! Biti na fuasai pethau mor syml!

Dim lle i bryderu o hyn ymlaen. Mam yn gwybod i'r dim be i'w wneud, medda hi. Gwell hynny na . . . Ydi, gwell hynny nag aml i beth!

Mae cwsg ymhell eto heno.

*   *   *   *

Gwrandawodd ar gloc mawr y gegin yn taro chwarter awr arall. Dyna'r chweched tro! Awr a hanner a mwy felly er iddi orffen sgwennu a diffodd golau'r llofft. Ei meddwl yn boenus o fyw, y gwely plu yn anghysurus o galed a'r cur yn gwaethygu yn ei phen. Er mai dim ond

110

chwarter i hanner nos oedd hi byth, gallai eisoes ddychmygu noson gyfan ddi-gwsg o'i blaen. Roedd y tŷ'n anadlu'n drwm yn ei syrthni.

Rhaid nad oedd Robin byth wedi dod i'w wely neu byddai hi wedi'i glywed. Chydig iawn o Gymraeg oedd wedi bod rhyngddi a'i brawd ers wythnosau, meddyliodd. Roedd angen sgwrs, angen trafod, yn hytrach na gadael i bethau waethygu rhyngddynt. Roedd o wedi digio o ddifri a hwya yn y byd y câi lonydd i bwdu ac i gnoi cil ar ei ddigofaint, yma mwya yn y byd yr annifyrrwch ar yr aelwyd. Doedd dim i'w ennill trwy oedi, meddyliodd. Roedd eisoes wedi dysgu'r wers honno, siawns! Cododd.

Wrth iddi droi o waelod y grisiau i'r gegin, Robin ddaeth i'w golwg gyntaf. Eisteddai yno ar ei gadair yn cysgu'n drwm, ei ben ar ei frest a'r stwmp sigarèt ddi-fwg ynghlwm o hyd wrth ei wefl isa. Roedd rhywfaint o gochni'n aros yn y grât a saethai ambell fflam ysbeidiol o weddillion y coedyn. Dyna'r unig oleuni yn y stafell.

Fe synhwyrodd Mared yn syth fod gan ei brawd gwmni, gynted ag y teimlodd hi'r ias oedd yn treiddio drwy'i choban. A dyna lle'r oedd! Yn meddiannu'r gadair y bu Mam yn eistedd ynddi ac yn ymresymu a chynllunio ychydig oriau ynghynt. Ei gadair ef, wedi'r cyfan, cofiodd. Yn union fel y darlun ifanc oedd ganddi ohono. Penelin ei gôt yn dyllog, botymau'i wasgod yn adlewyrchu cochni'r marwor a'r un goleuni yn taflu ar ei wyneb memrwn, melyn, ar ei wên danheddog, ar ei weflau tynn. Roedd yn syllu arni trwy lygaid llonydd, dall, ei ben yn symud yn araf o ochr i ochr. Er gwaetha'r wên oer, câi Mared yr awgrym digamsyniol fod Dewyrth Ifan yn anghymeradwyo.

'Be uffar sy'n bod arnat ti?'

111

Neidiodd wrth glywed y llais swta, annisgwyl yn torri ar arswyd yr olygfa. Roedd ei brawd wedi deffro.

'Mi roist ti dro yno' i! Pam wyt ti'n sleifio o gwmpas yn y twllwch fel rhyw ysbryd, dŵad?'

Daliai Dewyrth Ifan i edrych arni ac i ysgwyd ei ben.

'Y *fi* sy'n dy ddychryn di?' sibrydodd yn anghrediniol.

'Wel ia, siŵr! Deffro a gweld rhwbath gwyn yn syllu arna i o'r cysgodion. Be uffar ti'n ddisgwyl?'

·'Ond be amdano *fo?*' Yr un llais dychrynedig, gan wyro'i phen i gyfeiriad y gadair arall.

Newidiodd gwedd Robin. Neidiodd ar ei draed mewn ofn gan syllu o'i gwmpas yn wyllt. 'Fo?' Llais cryg. 'Ydi o yma? Yn y tŷ?'

Deallodd Mared ei gamgymeriad. 'Na, nid Fo.' A deallodd rywbeth arall, rhywbeth a yrrodd iasau oerion eto dros ei chroen. Doedd Robin ddim yn gallu gweld y ddrychiolaeth yn y gadair gyferbyn ag ef. Roedd yn dal i syllu'n wyllt o gwmpas y stafell ac eto'n gweld dim.

Yn raddol dechreuodd y rhith ddiflannu. Dechrau efo'r traed a'r coesau yn toddi'n ddim i'r tywyllwch, yna'r gôt dyllog a'r wasgod-botymau-disglair. Am eiliad neu ddwy dim ond yr wyneb oedd ar ôl, yn nofio uwchben y gadair—y llygaid gwag, llonydd, y wên dynn, ddanheddog, y croen rhychog, melyn, i gyd yn symud yn araf o ochr i ochr, yn cyfleu 'na!' i rywbeth nas gallai hi ei amgyffred.

'Be ddiawl sy'n bod arnat ti, dŵad? Rwyt ti'n ddigon i godi nychdod ar rywun!'

*   *   *   *

Roedd o mor daer, ddyddiadur bach! Dydw i ddim mor siŵr fy mod yn deall ei neges ond mae gen i f'amheuaeth a fy ofn.

112

Byw ar ein hofnau yr ydyn ni i gyd yma!

Ydw i'n dechrau drysu? Mae'r ofn hwnnw ar gynnydd! Ac mae cwsg yn llawer iawn pellach erbyn hyn.

14

'Be fydd dy hanas di bora 'ma, Robin?'

Arhosodd y llwyaid uwd ar hanner ei ffordd i'w geg a syllodd yntau'n chwilfrydig ar ei fam. Doedd tôn gyfeillgar, bron, ei chwestiwn ddim yn gweddu i'r bwrdd brecwast, mwy nag i unrhyw adeg arall o'r dydd o ran hynny.

'Fy hanas i? Be 'dach chi'n feddwl 'lly?' Llais swrth, llawn amheuaeth.

'Meddwl o'n i 'sat ti'n picio i Hirfryn i nôl un ne ddau o betha.'

Mwy fyth o syndod. 'Pa betha' 'lly? Pam nad eith Mared? Hi sy'n arfar mynd.'

'Fedar hi ddim heddiw.'

'Pam 'lly?'

'Gormod o waith o gwmpas y tŷ, dyna pam.'

'Be 'dach chi isio yno?' Mwy swta, mwy pwdlyd.

'Tipyn o fanion, dyna'r cwbwl. 'Dan ni'n brin o lard a the a matsys. Ac mi gei di ddŵad â thorth, ac mi fyddi di isio baco i chdi dy hun ma'n debyg.'

Lle i ragor o amheuaeth! 'Uffar dân, ddynas! Petha fedrwn ni 'u cael yn pentra ydi'r rheina! Sdim isio mynd i Hirfryn.'

'Iawn, plesia di dy hun, ond mi ei di i'w nôl nhw bora ma?'

'Pnawn. Mi a' i pnawn 'ma. Gormod o waith bora 'ma.'

'O!'

Ansicrwydd yn llais Mam o bawb?

'Dyna fo 'ta. Mi fydda inna wedi gneud tamad o ginio'n barod iti at tua'r hannar dydd. Paid â dod tan hynny.'

Aeth Robin allan yn teimlo'n ddigon dryslyd ac wrth groesi'r buarth am gwt y tractor nid oedd yn ymwybodol o frath y gwynt o'r Grawcallt nac o'r dafnau bras o law ynddo. Roedd yn fyddar hefyd i sŵn arferol y llofft stabal.

Be oedd yn bod ar Mam? Clên ar y naw! Twt! Does dim dallt arni hi, beth bynnag.

*   *   *   *

Teimlodd eto'r tynnu poenus yn ei graith wrth iddo lwytho'r byrnau i focs y tractor. Deuai'n amlach yn ddiweddar, meddyliodd, hyd yn oed wrth iddo orwedd yn ei wely'r nos.

Wrth gychwyn am Gae Top sylwodd fod Mam yn prysuro i fwydo'r ieir a bod Mared yn mynd â brecwast i'r llofft stabal. Deuai'r dafnau glaw—na, eirlaw erbyn hyn—yn amlach ac roedd yr awyr yn ddu ac yn llawn. Roedd y defaid yn aros amdano wrth y giât, wedi nabod sŵn y tractor, y sŵn oedd yn cysylltu efo'r peth prin hwnnw, bwyd. Gan anwybyddu'i boen orau y gallai, dadlwythodd Robin un o'r byrnau ac wedi torri'r llinyn tynn oddi amdano, gwasgodd y gwair i'r cawell tra oedd y defaid yn eu tro yn gwasgu o gwmpas ei goesau i gael mynd at y porthiant.

Cyn troi am i lawr yn ôl i gynnig yr un gymwynas ar y Llechwedd Canol safodd am ychydig i bwyso ar y giât. Doedd y tywydd ddim wedi gwaethygu hyd yma ond sylweddolodd Robin yn awr na allai ymdroi llawer chwaith. Sylwodd gyda peth diflastod ar y môr o redyn

114

coch yn ymwthio drwy'r eira yn chwarter pella'r cae. Waeth imi hwn mwy na'r brwyn ar y Weirglodd, meddyliodd. Mi fydd raid imi droi a hadu rywbryd ma'n debyg, ond ddim 'leni. Na, ddim 'leni.

Parodd y sŵn pell iddo droi i gyfeiriad Rhyd-y-gro a gweld y prysurdeb wrth Ryd Isa. Roedd yno fwy o beiriannau, mwy o lorïau nag erioed, a rhwng melyn y naill a choch a gwyn y llall edrychai'r lle fel ffair, hyd yn oed mor gynnar â hyn yn y bore. *Be arall ond blydi ffair!* A chan sylwi ar y cwmwl o lwch yn codi wrth i'r jac-codi-baw lwytho un o'r lorïau, dringodd Robin-Dewyrth-Ifan yn filain yn ôl i'w dractor.

Tua deg o'r gloch oedd hi pan ddaeth hi i fwrw o ddifri; plu mawr trwm yn gymysg â chlapiau o ddafnau glaw a'r rheini'n treiddio'n gyflym trwy gap a chôt oedd eisoes yn wlyb. Anghysur oedd hwnnw, fodd bynnag, a oedd yn hen gyfarwydd iddo ac wrth fwynhau ei smôc-ganol-bora yn y beudy isa prin ei fod yn ymwybodol ohono. Os mwynhau hefyd! Yno, yn arogl cynnes braf y bustych blwydd, roedd tri pheth mawr ar feddwl Robin.

Yn gyntaf, y boen gynyddol yn y graith. Ar ôl bron dri mis, ddylai hynny ddim bod, Ac eto, fe wyddai'r rheswm am y boen honno. Dechrau codi pwysau yn rhy fuan ar ôl y driniaeth. Fwy nag unwaith roedd wedi teimlo'r rhwygo arteithiol o'i fewn wrth ymlafnio efo'r byrnau gwair a chofiodd yn awr rybudd y nyrs-lliw-glas wrth iddo adael y ward, 'Now remember this, Robin, ma' gynnoch chdi lot o stitches tu mewn hefyd felly be careful. Be very careful! Peidio gneud gormod yntê.'

Hy! haws deud nad gneud! os na wna i, pwy uffar neith?
Saeson Dôl-haidd a Chae'rperson wedyn—roedd y rheini'n ei boeni. Pa hawl sy gan ryw ddiawliaid fel'na i ddŵad yma a newid cymint ar betha? meddai wrtho'i

hun. Newid pob dim! Ma'n nhw'n cael caniatâd i neud be fydd fynnan nhw yn y lle 'ma.

Yr hyn a'i poenai fwyaf, fodd bynnag, oedd yr hyn a wyddai am Mared. Be fydd yn digwydd rŵan, meddyliodd. Fydd hi'n priodi? Na fydd siŵr! Ma' gan y cochyn Sais 'na wraig yn barod, a llwyth o blant. Be neith hi efo'r babi 'ta? Be neith Mam, yn hytrach!

A dyna wir gnewyllyn ei boen. Er ddoe bu'n rhaid byw eto efo llid euogrwydd mawr ei fywyd. *Waeth gen i pwy ydi'i dad o, wna i dim be wnes i o'r blaen . . . er mwyn Mam na neb arall. Dim uffar o beryg! A Mared! Ma' hi'n siŵr o fod yn dechra drysu! Be ddiawl oedd yn bod arni neithiwr? Golwg wyllt wirion arni pan ddoth hi i lawr i'r gegin. Ar y blydi Sais 'na ma'r bai!*

Roedd yr eirlaw wedi rhoi lle i law trwm a'r niwl yn cau am y Grawcallt wrth i Robin ddringo'n ôl am y tŷ. Gwas yr eira, meddyliodd. Fydd nacw fawr o dro'n 'i glirio fo. Ond roedd y glaw yn gwneud ei waith hefyd, yn hynod o gyflym. Tipyn mwy o'r ddaear yn y golwg erbyn hyn a ffordd y Cwm wedi'i chlirio bron yn llwyr. Oerach i feirioli, meddai Robin wrtho'i hun wrth deimlo'r gwynt main yn gwasgu'r dillad gwlybion yn erbyn ei groen.

Fel roedd yn cau giât y buarth ar ei ôl clywodd sŵn corn diamynedd yn codi o'r Cwm. Car mawr llwyd yn gwthio'i ffordd trwy nifer o ddefaid styfnig Llwyn-crwn ac yna'n cyflymu heibio i Gilgal. Harri yn cael ymwelydd! Rhywun o sylwedd hefyd, yn ôl maint y car!

Dim ond Mam oedd yn y gegin a phlât cinio Robin yn ei llaw yn barod iddo.

''Ti'n hwyr! Dy ddisgwyl di chwarter awr yn ôl.'

'Mi ddois gyntad ag y medrwn i.' Os oedd hi'n swta a blin gallai yntau swnio'r un fath.

'Byta! Iti gael mynd i Hirfryn.'

'Dwi 'di deud yn barod, mi ga i bob dim 'dach chi'i isio yn y pentra. Lle ma' Mared?'

'Yn 'i gwely.'

'Be matar?'

'Ddim yn dda ma' hi.'

'Be matar?' Nid am y tro cyntaf heddiw synhwyrai ansicrwydd anarferol yn ei fam, ansicrwydd yn gymysg â rhywbeth arall na fedrai Robin roi'i fys arno. Pryder efallai?

'Ddim yn teimlo'n dda. Paid â holi! Ffliw ne rwbath ma'n siŵr.'

Aeth Robin i'w gragen.

'Ma ogla tamp arnat ti.'

'Tamp! Ma' hi'n piso bwrw, ddynas! Be uffar 'dach chi'n ddisgwyl imi fod ond tamp?'

'Mi sychan.'

Roedd y styfnigrwydd pwdlyd yn hen gyfarwydd iddi. Ysgydwodd ei phen yn ddiamynedd a throi draw. Gorffennodd yntau'i ginio mewn tawelwch.

'Dwi'n mynd 'ta. Lard, matsys, torth. Be arall?'

'Cyn iti gychwyn, rhaid iti fynd i'r . . . i'r llofft stabal.'

Rhythu'n unig a wnaeth Robin, y cwestiwn mud yn amlwg yn ei lygaid.

'Rhaid i rywun fynd â bwyd iddo fo.'

'Dim cythral o beryg, ddynas! Dwi'm yn mynd â fo! Dydw i 'rioed wedi bod yno!'

'Sgin ti ddim dewis nag oes. Mared yn 'i gwely, pwy arall eith?'

'Chi!'

'Na! A titha'n gwbod na fedra i ddim.'

'Ofn s'arnoch chi.'

'Ia, ofn. Does wbod be wnaetha Fo imi.'

'Ma' Fo wedi anghofio pwy 'dach chi bellach. Wedi

117

anghofio mai chi sy 'di'i gloi o yn fan'na am byth. Falla y bydd o'n glên iawn efo chi.'

'Cau dy geg a phaid â siarad mor wirion. Fedra i ddim mynd a dyna fo! Felly rhaid i *ti* fynd; oni bai bod ofn arnat titha hefyd.' Roedd ei mingamu gwawdlyd yn sicr o wneud ei waith.

· 'Ofn? Sgin i ddim achos i fod 'i ofn o. Dowch imi weld y fowlan 'na!'

Yn fyrbwyll fel'na yr aeth Robin-Dewyrth-Ifan allan o'r gegin ac er difaru ymhell cyn cyrraedd y grisiau cerrig, doedd dim troi'n ôl i fod.

Wrth roi'i law ar follt y drws teimlai'i galon yn curo'n wyllt yn ei frest. Clustfeiniodd am sŵn oddi mewn. Dim byd. Llithrodd y pâr yn araf o'i dderbynydd a gwthio'n ysgafn â'i ysgwydd. Siglodd y drws yn wichlyd ar ei golion.

Dyna'r lle'r oedd, ar ei gwrcwd wrth y wall bellaf. Yr olygfa fwyaf truenus a welsai Robin erioed. Anifail o beth yn cwmanu mewn ofn, ei wyneb o'r golwg bron tu ôl i wallt caglog, llaes a locsyn hir, tenau. Y pen yn codi'n araf i syllu ar yr ymwelydd, y llygaid yn agor yn fawr ac yn waedlyd wyllt, y geg wlyb goch yn rhwth a'r tafod yn atgas wyn o'i mewn. Tynnodd Robin ei wynt i mewn yn swnllyd rhwng ei ddannedd a'i ddal yno, yn ei ddychryn. Rhywbeth yn perthyn i'w hunlle oedd hwn!

Disgwyl Mared mae o. Mae arno fo ofn.

Camodd yn betrus i mewn i'r stafell foel gan anelu at y bwrdd bach a'r gadair oedd ar ganol y llawr.

Sgwn i ydi Mared yn arfar 'i fwydo fo? Chlywis i 'rioed moni'n sôn. Ddaru minna 'rioed feddwl gofyn.

Yn ansicr rhoddodd y fowlen a'r llwy ar y bwrdd a thaflu golwg be-wna-i? o'i gwmpas. Roedd pobman mor ddieithr iddo a cheisiai edrych i bobman ond ar y peth oedd yn trigo yma. Yn sydyn, cododd gwich annaearol o'r gornel a chyn i Robin gael cyfle i gamu o'i ffordd fe'i hyrddiodd y pentwr esgymun ei hun arno gan sgyrnygu yn ei fraw a chrafangu a chripio â'i ewinedd budron, hir.

Digwyddodd popeth ar unwaith rywfodd. Wrth deimlo'r gwaed yn rhedeg yn gymysg â'r glafoer ar ei foch ac wrth ffieiddio ar yr anadl sur o'r geg orffwyll, agored o'i flaen, collodd Robin arno'i hun yn lân. Chwifiodd ei freichiau'n wyllt i'w amddiffyn ei hun ac i atal yr ymosodiad. Yr eiliad nesaf caeodd dannedd melynfrown am ei arddwrn chwith a brathu'n filain hyd at yr asgwrn. Gollyngodd waedd o boen a dicter a hyrddio'n ddall yn erbyn yr anifail oedd yn ymosod arno. Gwelodd ef yn baglu'n ôl yn bendramwnwgl dros y gadair. Dyma'i gyfle!

Wrth i'r bollt saethu i'w le cododd cri hir, dorcalonnus o'r llofft stabal; ton ar ôl ton o ddolefain annaearol.

Yn y gegin aeth Mam yn groen gŵydd drosti gan ruthro'n reddfol am y drws, i'w gloi. Bu bron iddi gael ei hyrddio'n ôl ganddo wrth i Robin ruthro i'r tŷ.

'Byth eto, ddynas! 'Dach chi'n dallt? Byth, byth eto!'

Gwelodd yr hen wraig y gwaed ar wyneb a dwylo a gwelwodd mewn ofn.

*   *   *   *

Doedd Robin-Dewyrth-Ifan ddim yn ei hwyliau gorau yn mynd i lawr am y pentre ddeng munud yn ddiweddarach. Efo'i arddwrn wedi'i lapio'n dynn mewn cadach, y cripiadau ar ei wyneb yn llosgi a'r oernadu'n dal yn ei glustiau, gwae'r neb a'i croesai. Ac wrth droedio'n ffyrnig i lawr tua'r rhyd, gwawriodd penderfyniad milain. Tra byddai yn y pentre, pam na allai setlo cownt efo'r cochyn? Yn y Bladur yn slotian y byddai'r diawl mae'n siŵr!

Os ma' fel'na ti'n teimlo!

Wedi croesi cerrig y sarn wrth y rhyd a chyrraedd y ffordd galed, roedd yn awr yn anelu am Ryd-y-gro. Trodd wrth glywed llais Harri Llwyn-crwn wrth i hwnnw gerdded i lawr tuag ato.

'Welis i monot ti'n dŵad.'

'Ti'm yn falch o 'ngweld i chwaith, yn ôl dy lais. Mynd i'r pentra wyt ti?'

'Ia, i'r ... Bladur.' A dyna'r penderfyniad wedi'i wneud yn derfynol.

'I'r Bladur? Chdi?'

'Ia. Pam?' Roedd yr anghrediniaeth yn llais Harri yn crafu ar nerfau Robin.

'Ac yn pnawn?' Dim ymgais eto i guddio'i syndod. 'Mi ddo i efo ti am un.'

Sam Preis Garej a John Wil Post oedd yr unig ddau yn y taprwm. Dim sôn am y Sais.

'Robin Dewy ...! Dew, Robin fachgan! Dyma foi diarth!' John Wil yn diolch am ddant i atal tafod mewn pryd. 'A sut wyt ti, Harri?'

'What can I get you gents?'

'Be gym'ri di, Robin?' Tynnodd Harri bapur pumpunt o'i boced. 'Be amdanoch chi, hogia?'

'Peint bob un, Harri. Wyt ti wedi dŵad i bres ne rwbath?' Llais cellweirus Sam Preis.

'Falla wir, hogia! Three pints of beer please, Mr. Reason. A be gymri di, Robin? Deud reit sydyn!'

'Cwrw.'

'Peint?'

'Ia.'

'Four pints in all, Mr. Reason.'

'Be ddiawl sy 'di digwydd i ti? Wedi bod yn ymrafal efo ryw hogan tua'r sgubor 'na?' Sam Preis yn cellwair eto ond yn fusneslyd hefyd yn ei ffordd ei hun, yn llygadu wyneb ac arddwrn Robin.

'Na, damwain . . . yn y . . . y beudy 'cw. Ydi'r Sais 'na o gwmpas?'

'Pa un 'lly? Ma' 'na ddigon o'r rheini yn pentra 'ma.'

Ar Sam yr oedd Robin yn edrych ond John Wil a atebodd.

'Y cochyn. Y mecanic.'

'O, hwnnw!' meddai Sam a'i lygaid yn magu rhagor o ddisgleirdeb. 'Paid â deud dy fod ti isio setlo efo fo, Robin. Roedd o'n edliw yn fama noson o'r blaen nad oeddat ti byth wedi talu iddo fo.'

'Mi setla i gownt efo'r uffar, meddyliodd cyn gofyn, 'Ble mae o?'

'Dyma chi!' Sodrodd Harri ddau beint o flaen Sam Preis a John Wil ac aeth yn ôl at y bar i nôl dau arall.

'Iechyd da, Harri!' Cododd John Wil y peint llawn i'w geg cyn gorffen yr hen un. 'Fydd o ddim yn dŵad yn y pnawn rŵan, Robin. Wedi cael job.'

'O?'

'Dreifio.'

'O?'

'Ia, dreifio i'r *United*.'

Ymhen hir a hwyr deallodd Robin mai efo cwmni newydd Saeson Dôl-haidd a Chae'rperson yr oedd Jeff wedi cael gwaith.

'Diawliaid!' Er mai chwyrnu'r gair o dan ei wynt a wnaeth, roedd y lleill wedi clywed.

'Pam 'lly?'

'Pam? Sbiwch be uffar ma'n nhw'n neud i'r Cwm 'ma. Ylwch y llwch a'r . . . a'r . . . a'r llanast yn yr afon.'

'Ond ma'n nhw'n rhoi gwaith, boi bach! Gwaith i'r locals!'

'I'r blydi cochyn 'na? Sais ydi hwnnw hefyd!'

'Digon da i drwsio dy dractor di, hefyd! Am ddim yn ôl pob sôn!' Synhwyrai Sam ei fod yn troedio tir go feiddgar.

Drachtiodd Robin yn ffyrnig o'i beint gan roi cyfle i'r cwrw oeri'r gwaed oedd yn codi i'w ben.

Gwelodd Harri'r arwyddion. Gwell troi'r stori. 'Gyda llaw, Robin, ma' gen i asgwrn i'w grafu efo ti.'

'O?' Dig a mulaidd.

'Oes. Sôn am Saeson, mi ddoth 'na ryw Sais i fyny acw gynna. Isio prynu tir gen i, medda fo.'

'Pwy oedd o, Harri?' Sam Preis a John Wil yn glustiau i gyd.

'Newydd ddallt mai fi bia'r tir rhwng y ffordd a'r afon. Rhywsut neu'i gilydd roedd o wedi cael y syniad mai Robin 'ma oedd bia fo ac nad oedd o ar werth.'

Dal i blygu'n fustlaidd uwch gwaddod ei gwrw a wnâi Robin. Gwyddai'n awr pwy oedd biau'r car a welsai cyn cinio ar ffordd y Cwm.

'Mr. Davison ydi'i enw fo. Mr. George Davison. Dyn busnas o Wolverhampton. Fo sy 'di prynu'r hen gapal.'

'O, *The Haven.*' Y postmon eisiau dangos ei wybodaeth.

'Gilgal,' meddai Robin yn swrth.

'Ia. Hen foi clên. Digon o bres yn ôl pob golwg. Wedi gwirioni efo'r lle. 'The closest I'll get to heaven', medda fo. Dallt hi?' Edrychodd Harri'n chwerthinog o un i'r llall ond ni ddôi ymateb, '*Heaven, The Haven,* capal!'

'Wel ia! Clyfar hefyd, i feddwl am gysylltiad fel 'na.'

'Dyna o'n inna'n feddwl hefyd, Sam. Eniwei, i'w ferch mae o wedi prynu'r lle ac isio cael codi stabla ac ati ar y tir yn ymyl. Hi a'i gŵr isio cadw *riding school.*'

'Wel, iawn. Rhwbath newydd i'r hen le 'ma.' John Wil yn gwbl ddidwyll.

'Hy!'

'Hyn'na ddim yn plesio chwaith, Robin? Ti 'di mynd yn rêl Welsh Nash, choelia i byth!'

'Hen gytia mawr ar lawr Cwm! Ceffyla'n mynd fel lician nhw ar Ros Gutyn a'r Grawcallt. Blydi pobol ddiarth ar draws pob man; Nhw a'u Susnag!'

'Waeth iti wynebu'r peth ddim. Mwy o Susnag fydd 'na o hyn ymlaen. Dydi'r Cwm yn ddim gwahanol i unrhyw gwm arall.'

'Cweit reit, John Wil!' ac aeth Sam Preis ymlaen yn bryfoclyd, *'Development,* Robin! Rhaid i'r byd fynd yn 'i flaen.'

'Eniwei,' meddai Harri, a'i lygaid yntau erbyn hyn yn llawn direidi, 'falla na fydd angan hen gytia mawr ar lawr Cwm wedi'r cyfan.'

'Be? Wrthodist ti werthu iddo fo?'

'Ddim yn hollol, Sam, ond mi aeth Mr. Davison a finna i siarad am betha a dwi'n meddwl . . . dwi'n meddwl rŵan . . . a deud y gwir, dwi'n eitha siŵr 'i fod o . . . 'i fod o am brynu Llwyn-crwn 'cw.' Roedd Harri yn amlwg uwchben ei ddigon ac yn methu â cuddio'i orfoledd.

'Y ffarm i gyd?'

'Ia.'

'Be nei di wedyn?'

'Pwy ŵyr? Dwi'n fiffti thri rŵan! Cael job fach ysgafn falla. Part-time.'

Tra âi'r sgwrs yn ei blaen roedd Robin yn rhythu'n anghrediniol ar ei gymydog.

'Lle'r ei di i fyw, Harri?'

'Duwc annwyl, Sam, dydw i ddim wedi cael amsar i styriad petha fel'na eto. Pwy ŵyr? Hirfryn falla, ne 'w'rach y pentra 'ma.'

'Mi gaet ti job dreifio efo'r *United.'* John Wil eto'n cynnig ei bwt eiddgar.

'Wel ia, ma' hynny'n bosib hefyd ma'n debyg.'

'Ac infestio pres y ffarm—magu llog.'

Gwthiodd Robin-Dewyrth-Ifan ei gadair yn ôl yn chwyrn a mynd allan yn ei dymer.

'Pa asgwrn oedd gen ti i'w grafu efo fo, Harri?' gofynnodd Sam.

*   *   *   *

Gallodd gofio'r dorth a'r matsys ond dim arall. Roedd ei feddwl yn un trobwll gwyllt. Be uffar oedd yn digwydd?

Wrth frasgamu yn ei dymer drwy'r glaw heibio i'r beudy isa siglai ei gorff byr, solat o ochr i ochr. Dim ond llongwr neu ffarmwr profiadol a allai fod ag osgo o'r fath. Teimlai'r fath rwystredigaeth—yr angen i daro'n ôl ond heb wybod yn iawn yn erbyn pwy. Yn erbyn y cochyn, ia. Mared hefyd! A'i fam! A be am Fo? Roedd yr arddwrn yn dal yn boenus. Na, nid Fo. Doedd gan y creadur bach hwnnw ddim help. Wedi'i gloi yn fan'na ddydd ar ôl dydd, flwyddyn ar ôl blwyddyn, am yn agos i hanner can mlynadd . . . oes gyfan rhwng pedair wal. Arswydodd Robin wrth feddwl am y peth. Dyna un o'i ofnau mawr; cael ei gloi mewn lle cyfyng. Dim ond wrth feddwl am y peth, gallai deimlo'i waed yn codi'n goch i'w ben. Be alwodd Mared o hefyd, yr ofn oedd gan rai pobol o gael eu cau i mewn? Rhyw air mawr ffansi beth bynnag! Na, doedd arno ddim awydd dial ar Fo. Be am Harri Llwyn-crwn 'ta? Y diawl dan-din iddo fo! A'r Sais siarad-trwy'i-ddannadd, clyfar efo pres a geiriau, be am hwnnw? Ia, hwnnw'n sicr; yn fwy na Saeson Dôl-haidd a Chae'rperson hyd yn oed. *Pam felly, Robin? Am 'i fod o'n mynd i newid pob dim am byth ac yn mynd i hawlio'r mynydd efo'i hen geffyla. Ma' isio dysgu gwers i hwnnw'n fwy na neb.*

* * * *

Roedd y gegin yn wag pan gerddodd i'r tŷ, yn wag ac eithrio'r iar goch a glwydai ar y ffendar yn ngwres y tân. Gollyngodd y dorth ar y bwrdd ac aeth am y grisiau. Llawn cystal taro golwg ar ei chwaer i weld a oedd hi'n well.

'Lle ti'n mynd?' Mam yn sefyll yn herfeiddiol ar ben y grisiau.

'I weld Mared. Sut ma' hi?'

'Dydi hi ddim yn dda. Waeth iti heb â dŵad i fyny.'

Ond roedd Robin bron â chyrraedd y ris ucha. 'Dwi yma rŵan, ddynas!'

Symudodd yr hen wraig yn anfoddog o'i ffordd gan wneud lle iddo fynd at ddrws llofft ei chwaer.

Dychrynodd am ei fywyd pan welodd hi. Yr un lliw â'r gobennydd a bron yn rhy wan i droi'i llygaid i'w gyfeiriad.

'Uffarn dân, ddynas! Rhaid cael doctor ati hi!'

'Na! Dim doctor! Mi fydd hi'n iawn fory.'

'Be gythral sy'n bod arni 'ta?'

'Ffliw, debyg.'

Hynny a'i chyflwr hi, meddyliodd. Dydi Mam ddim yn gwbod 'mod i'n gwbod bod Mared yn disgwyl. Ma'n siŵr bod ffliw yn waeth ar ferchaid sy'n disgwyl.

Daeth peth rhyddhad o feddwl felly ond dychwelodd y ffieidd-dra tuag at y cochyn o Sais.

* * * *

Llusgai'r min nos. Treuliai Mam ei hamser gyda Mared gan adael Robin yn y gegin i ail-fyw gofidiau'r dydd. Hyd nes iddo fethu â dal yn hwy. Ar fympwy, cododd a mynd allan i'r tywyllwch.

Roedd y glaw wedi peidio ond arhosai llond awyr o gymylau duon. I ble? Does dim i'w gael o fynd i'r berllan. Llai byth o aros ar y buarth yn gwrando ar fwmian parhaus y llofft stabal.

Anodd dweud pryd yn union y daeth y syniad iddo. Yn chwarae yn ei ben er y pnawn o bosib ond gynted ag y crisialodd yn ei feddwl doedd dim amheuaeth wedyn. Dyna'r ffordd! Yr unig ffordd! A fyddai neb ddim callach.

Gwynder y lluwchfeydd trwm oedd ei gerrig milltir yn y tywyllwch.

Yng ngolau'r fatsien gwyddai am beth i chwilio yn y beudy isa, a gwyddai eu bod yno—côt a fu'n hongian ar hoelen yn y wal ers mwy o flynyddoedd nag y gallai Robin ei gofio, a hen fwced.

Caeodd y drws yn ofalus ar ei ôl ac aeth at y lori. Yma'r oedd ei broblem. Sut i gael y petrol o danc y lori ac i'r bwced. Pe bai ganddo beipen gallai ei sugno drwodd ond ofer oedd meddwl gwneud hynny.

Yn lled-ddamweiniol y daeth gweledigaeth. Roedd wedi penderfynu rhwygo'r gôt yn strimyn hir a gollwng un pen i lawr i'r tanc i'w drochi yn y petrol. Yna, gallai drochi'r pen arall yn yr un modd, gan obeithio y gwnâi hynny'r tro. Ymhen hir a hwyr, sylweddolodd meddwl araf Robin y gellid gwasgu'r petrol i'r bwced a throchi'r brethyn drosodd a throsodd. Gwenodd yn ddieflig yn y tywyllwch, er gwaetha'r llid yn ei arddwrn ac oerni'r tanwydd ar ei ddwylo. Cyn hir, roedd y bwced yn hanner llawn a brethyn y gôt yn socian ynddo.

Roedd y gwynt yn dal o gyfeiriad y Grawcallt a chrynai Robin yn ei ddillad gwlyb wrth ddilyn yr afon i fyny'r ddôl. Doedd y tywyllwch dudew fawr o rwystr iddo ac yntau'n nabod pob man fel cefn ei law.

Gynted ag y gwyddai ei fod gyferbyn â Gilgal ni phetrusodd. Camodd yn syth i'r dŵr a theimlo hwnnw'n codi'n rhewllyd at eu gluniau. Cadw cydbwysedd yn erbyn grym y lli oedd y peth anodda, ac unwaith, yn ei ffwdan, bu am y dim iddo golli'i draed ac yn waeth na hynny golli'i afael ar y bwced. Gwnaeth ei orau i ddiystyru'r boen arteithiol oedd yn saethu unwaith eto drwy'i graith wrth iddo ymestyn.

Bydd yn wrol, paid â llithro,
Er mor dywyll yw y daith.

Bron an allai glywed yr harmoniam fach yn llusgo tu ôl i ganu dienaid y Cwarfod Plant 'slawer dydd.

Ar y lan bellaf oedodd yn ddigon hir i bwysau mwya'r dŵr lifo o'i drowsus ac i wrando am unrhyw synau dieithr. Ac eithrio rhuthr yr afon doedd dim ond cri gylfinir pell i'w chlywed yn aneglur ar y gwynt. Teimlodd ei ffordd yn ofalus at gefn y capel bach oedd bellach yn dŷ. Byddai rhaid gweithio'n gyflym. Trochodd ei ddwylo yn y bwced ac aeth ati i rwygo'r strimyn gweddill o gôt oedd yno yn dri darn llai. Erbyn iddo orffen, prin y gallai deimlo'i fysedd yng ngwynt y nos.

Roedd pobman fel y bedd.

Gan osgoi'r lluwchfeydd oedd eto'n drwch ar wal ddwyreiniol yr adeilad, aeth Robin yn ofalus ond trwsgl yn y tywyllwch at y giât fechan a wynebai'r ffordd. Er na allai weld y giât hyd yn oed fe wyddai'n union be oedd y tu ôl iddi. Onid yn y drws hwn, rywle o'i flaen, y safodd Isaac Thomas Ty'n-bryn ers talwm, gyda'r dirmyg hwnnw ar ei wep? Ac onid oedd wedi sôn rhywbeth am losgi? *Llosg* rhwbath beth bynnag! Gwenodd Robin yn y dyb fod yno eironi yn rhywle.

Brysiog a ffwndrus fu ei ymdrechion o hynny ymlaen. Doedd ei bytiau bysedd, y 'bysidd sosejis' chwedl Mared, yn ddim help. Chwithig oedd ei ymdrechion i gyd.

O'r diwedd, wedi cael hyd i'r drws ac yna'r twll llythyrau, gwthiodd un rhimyn o frethyn, yn diferu o betrol, i mewn trwyddo gan ddal ei afael ar un pen iddo. Bu'n ddigon hirben i symud y bwced yn ddigon pell cyn tanio'r fatsien, ond nid yn ddigon hirben chwaith i rag-weld ei anffawd. Ffrwydrodd y brethyn a dallwyd Robin am eiliad. Yna, teimlodd ei law, y llaw a fu eiliadau ynghynt yn trochi ym mhetrol y bwced, yn llosgi. Roedd yn fflamio drosti, fel ffagl a oedd hefyd yn rhan o'i gorff. Mygodd waedd o boen cyn ymbalfalu'n wyllt yn y pwt gardd o flaen y tŷ a gwthio'i law yn ddiolchgar i'r eira oedd yno. Ochneidiodd. Roedd yr oerni fel balm ond ei ffroenau yn llawn oglau ffiaidd croen a chnawd yn llosgi.

Gallai glywed clecian braf yr ochr arall i'r drws. Ymbalfalodd eto, am y bwced y tro hwn, a brysio'n ôl y ffordd y daeth, cyn belled â'r ffenest agosaf at yr afon. Hyd yn oed o'r pellter hwnnw, rhaid oedd cadw o olwg y pentre.

Gwthiodd ei law i'r lluwch i'w hoeri ac yna camu hyd at ei hanner i'r eira hyd nes ei fod yn sefyll yn union o dan y ffenest. Prin y gallai gyrraedd honno heb sôn am fedru'i thorri. Meddyliodd yn wyllt, gan regi dan ei wynt yr un pryd. Carreg o'r afon oedd yr atab! Pam uffar na fasa fo wedi meddwl am hynna cyn rŵan?

Roedd goleuni symudol yn dechrau ymddangos yn y ffenestri a gwyddai Robin i sicrwydd fod y tân wedi cydio yn rhan flaen yr adeilad.

Ni fu'n hir cyn cael carreg. Hyrddiodd hi trwy'r cwarel isaf hyd nes bod clindarddach y gwydr yn llenwi'r nos.

Yna, mor gyflym ag y caniatái ei law iach, cydiodd mewn stribed arall o frethyn a'i daflu dros sil y ffenest. Gyda chryn drafferth y gallodd ddal y bocs matsys yn ei law boenus a phedair matsien a chwythwyd allan gan y gwynt cyn iddo o'r diwedd lwyddo i gael fflam yn ddigon agos at y brethyn. Ffrwydrodd hwnnw yr un fath â'r cyntaf cyn syrthio o'i olwg i mewn i'r adeilad.

Nid oedd amser i fwy. Hyrddiodd Robin y bwced a gweddill ei gynnwys drwy'r twll lle bu'r gwydr ac yna ymbalfalodd yn ôl am yr afon.

Llai ffodus y tro hwn! Dwywaith, yn ei frys, yr aeth ei draed oddi tano a dwywaith y cafodd drochiad dros ei ben yn y lli rhewllyd. O'r diwedd cyrhaeddodd dir sych, a fu dim oedi wedyn hyd nes cyrraedd giât y buarth. Oddi yno gallai weld, yng nghanol holl ddüwch gaeafol y Cwm, oleuni symudol yn llifo allan trwy ffenestri Gilgal. Er yn wlyb ac yn oer, er bod croen ei law wedi llosgi'n ddu ac yn pothellu, fe deimlai Robin-Dewyrth-Ifan rywbeth tebyg i foddhad.

'Lle'r wyt ti 'di bod?'

Er mor swta a diamynedd ei llais, cwestiwn gwag ydoedd oherwydd roedd hi'n ffwdanu gormod i boeni am ateb ac ni thrafferthodd yntau gynnig un.

'Ydi Mared yn well?'

Gan na chymerodd hithau arni glywed aeth Robin i fyny am ei lofft i ddiosg ei ddillad diferol.

'Paid ti â'i phoeni hi!' Gorchymyn o waelod y grisiau.

Gorweddai'i chwaer yn union fel y gwelsai hi rai oriau ynghynt, ei llygaid ynghau a'i hwyneb yn gwbl ddi-liw ond am y ddafaden dywyll a'i thri blewyn du ar y foch chwith.

'Sut wyt ti'n teimlo?' Sibrwd oedd fwyaf gweddus rywsut.

Agorodd ei llygaid yn araf. Doedd dim disgleirdeb ynddynt. 'Gweddol sti!' Llais bloesg. 'Fedra i ddim codi. Mam yn rhybuddio i fod yn hollol lonydd.'

'Pam 'lly?'

'Fasat ti ddim . . . yn dallt.'

'Mi alwa i'r doctor yn bora.'

Nodiodd y claf yn araf a dihangodd Robin i'w lofft ei hun i lyfu'i glwyfau. Roedd salwch fel'na yn anghyfarwydd ac yn ddychryn iddo, bron mor arswydus â'r hyn oedd i'w weld yn y llofft stabal.

Wedi cael dillad isa sych i fynd i'w wely ynddyn nhw aeth â'i ddillad gwlybion i'w taenu o flaen y tân. Dim gair o brotest nac ymholiad pellach o gyfeiriad ei fam.

Cysgodd yn syth, er gwaetha'r procio poenus yn ei law.

15

'Rhowch ddigon o raff iddo fo, hogia, ac mae o'n siŵr o'i grogi'i hun.'

Be gythral ma' Harri Llwyn-crwn yn 'i neud yma, yn y llofft stabal? A Sam Preis Garej a John Wil Post? Ma'n nhw'n chwerthin yn wirion yn 'u cwrw. Chwerthin heb sŵn chwerthin! Yn chwerthin am 'y mhen i.

'A dyma fo wedi'i ddal, hogia. Red-handed!'

'Black-handed, Harri! Sbia ar 'i law o! Ma'hi'n golsyn du.'

Chwerthin yn wirion ma'n nhw eto.

'Ia, ond coch ydi'i ddwylo fo go iawn sti, Sam. Dwi'n gwbod 'i hanas o. Dwi'n gwbod 'u hanas nhw i gyd. Llofrudd. Dyna wyt ti 'nde, Robin? Llofrudd babis bach!'

130

'Llofrudd! Llofrudd! Llofrudd!' Y tri'n llafarganu'n hurt ac yn crechwenu arna i.

'Llofrudd babi bach diniwad!'

Paid, Harri! Paid â deud, plîs!

'Babi bach diniwad! Llofrudd! Dyna wyt ti, Robin, ac mi gei di dalu yn uffarn.'

Ma' llygid a chega'r tri yn fawr fel trwy chwyddwydr a ma'n nhw'n sbio'n frwnt.

'Mygu babi bach diniwad efo gobennydd; dyna 'nath o, hogia. 'I gloi o mewn twllwch gwaeth na'r llofft stabal.'

'Na! Nid fi! Mam! Gofynnwch i Mared.'

'Gofyn di iddi, Robin!' Harri yn pwyntio. Nid Fo sy'n cyrcydu yn y gornel ond Mared! Ei llygid hi'n fawr fawr a'i dannadd yn sgyrnygu.

'Pam wyt ti'n sbio fel'na arna i, Mared? Roedd o'n fabi i titha, i ni'n dau.'

'Dy fam ia, Robin! Am roi'r bai ar Mam wyt ti eto?' Ma' ceg Harri Llwyn-crwn yn llenwi'r chwyddwydr. 'A be wnest ti efo'i gorff bach o, Robin, rhag i'r byd ddŵad i wbod am eich gwarth chi? Rwyt ti wedi'i losgi fo'n do? 'I losgi o yng nghapal Gilgal!'

'Na! Na, Harri! Ar fy llw! Wedi'i gladdu'n barchus. Carrag wen ar 'i fedd . . . yn y berllan! Gofynnwch i Mared.'

Mared yn ysgwyd 'i phen, 'i llygid yn goch, goch 'i cheg yn glafoerio'n hyll.

'Rwyt ti'n gwbod, Mared! Deud wrthyn nhw. Dwi'n gwbod dy fod ti'n gwbod! Paid ag edrach mor wirion arna i, Mared! Nid Fo wyt ti! Paid â gneud dy hun 'run fath â Fo.'

Ma'r pedwar yn chwerthin a chwerthin, 'u cega'n llenwi'u hwyneba nhw a'u tafoda'n hongian yn hyll ac yn wyn. Pam ma'n nhw'n chwerthin mor wirion?

'Nid Mared ydi Fo, Robin. Dacw hi Mared!'

Mared ar 'i gwely yn wyn ac yn llonydd, llonydd.

131

'Chdi ydi Fo rŵan! Chdi sy'n hurtio! Chdi sy'n mynd i gael dy gloi yn y llofft stabal!

'Na, Harri! Ddim hynny, plîs! Rwbath ond hynny! Rwbath ond cael fy nghloi i mewn.'

'Am byth, Robin! Twllwch am byth!'

'Harri! Harri! Dowch 'n ôl! Peidiwch â 'ngadael i. Paid â 'nghloi i, Harri. Rwbath ond hynna, plıs. Watsia'n llaw i, Harri! Ma'r drws wedi cau ar fy llaw i.'

Deffrodd yn chwys drosto, ei law chwith yn procio'n boenus. Rhedodd ei law dde yn ysgafn drosti gan deimlo'r pothelli ar ei fysedd, ar y cledr, a'r un bothell fawr ar gefn y llaw. Ond roedd llygad y boen yn rhywle arall. Ia, dyna fo, ar yr arddwrn. Yn dyner, teimlodd y tyllau dolurus lle bu dannedd hyd at yr asgwrn a fflamau wedyn yn puro'r clwyf.

Diolchodd fod llwydni i'w weld drwy'r llenni a'i bod hi ar ddyddio. Er, cofiodd yn chwerw, doedd gan y diwrnod ddim byd i'w gynnig chwaith.

*   *   *   *

Roedd Mam yn dal i gysgu pan gododd Robin.

Rhyfadd! Ddigwyddodd hynna 'rioed o'r blaen. Ond rydw i'n gynnar ac ma'n siŵr 'i bod hitha wedi bod ar 'i thraed efo Mared.

Aeth i lawr i 'r gegin i nôl ei ddillad. Doedden nhw ddim yn sych o bell ffordd ond fe wnaent y tro. Efo dim ond un llaw iach cafodd gryn drafferth i wisgo a chau botymau. Yna, o weld golau drwy gil drws llofft ei chwaer, edrychodd i mewn i'r ystafell.

'Sut wyt ti bora 'ma? Ydi'r golau wedi bod ymlaen drwy'r nos?'

Nodiodd Mared yn llesg ac yna arwyddo arno glosio at erchwyn ei gwely.

'Cymer hwn!' Prin y gallai ddeall ei geiriau gwan. 'Llosga fo . . . heb i Mam weld.' Roedd hi wedi tynnu'i dyddiadur o blygion y dillad gwely. 'Y lleill yn fan'cw . . . o dan y llawr.'

Dilynodd Robin gyfeiriad ei bys at y ffenest a theimlo'r astell rydd o dan ei droed. Cododd y coedyn. Roedd yno flynyddoedd o atgofion.

'Llosga nhw i gyd.' Roedd taerineb yn y bloesgni ac yn y llygaid llonydd. 'Wyt ti'n addo?'

Nodiodd yn ddryslyd. Be oedd yn bod ar Mared yn siarad fel'ma? Ffliw oedd arni, wedi'r cyfan!

Gan anwybyddu'r boen yn ei law ddolurus orau y gallai, aeth â'r dyddiaduron i gyd i lawr yn goflaid anhrefnus gan regi dan ei wynt bob tro y syrthiai un o'i afael. Llwyth dyn diog fasa Mam yn ddeud, meddyliodd.

Taflodd hwynt i gornel bella'r sgubor sinc a dychwelodd i gasglu'r rhai cyfeiliorn.

Cyn mynd yn ôl i'r tŷ oedodd wrth giât y buarth i syllu drwy'r llwydni oer i lawr i'r Cwm a rhoddodd ei galon dro a chyflymu'n gyffrous. Teimlodd gwlwm o ddychryn yn ei stumog. Drwy'r gwyll fflachiai nifer o oleuadau glas cynhyrfus fel goleudai pell trwy niwl môr. Roedd yno brysurdeb na allai Robin ei weld yn iawn. Difrod hefyd. Twll du myglyd lle gynt y bu to'r capel bach. Y fath ddifrod! A fo, Robin, yn gyfrifol. Dyna'r dychryn! Beth pe bai . . . !

Os oedd dychryn cynt, roedd hwn yn fwy, a'r cwestiwn yn rhy ofnadwy i'w wynebu. Ond ei wynebu oedd raid. Beth os oedd rhywun yn aros yno neithiwr? Aeth yn oer drosto, ias wahanol iawn i oerni'r bore a'r dillad gwlyb oedd amdano. Beth pe bai'r Sais-siarad-trwy'i-ddannadd hwnnw oedd yn mynd i brynu Llwyn-crwn, a'i wraig, a'i ferch a'i gŵr . . .? Beth pe baen nhw'n gyrff yr eiliad 'ma yn yr adfeilion du? *Mi fyddet ti'n llofrudd! Ac os ffeindian nhw mai chdi nath mi gei garchar am oes.*

Llifodd difrifoldeb ei sefyllfa drosto a brysiodd yn ôl i'r tŷ a'i gylla o hyd yn gwlwm o ofn. Wrth iddo roi clep anystyriol ar y drws cododd griddfan torcalonnus o gyfeiriad y llofft stabal.

Doedd dim math o awydd brecwast arno a chan fod yr aelwyd yn oer a digysur gwisgodd ei gôt, ei thamprwydd yn ei fygu bron, a mynd am y sgubor sinc unwaith eto. Roedd ganddo waith i'w wneud, addewid i'w chadw. Siawns na fyddai'r prysurdeb yn erlid ei bryder. Ac yno, yn y gornel, yng nghwmni dyddiaduron Mared, y treuliodd Robin-Dewyrth-Ifan weddill ei fore, yn craffu darllen, yn hel meddyliau ac yn chwilio am gysur byr mewn ambell smôc.

*   *   *   *

'Lle gythral wyt ti 'di bod?' Roedd yr hen wraig yn lloerig. 'Dwi 'di bod yn dy ddisgwyl di i'r tŷ ers oria.'

'Pam? Be sy?'

'Be sy? Be sy? *Fo!* Dyna be sy! Dydi o ddim wedi cael tamad i'w fyta ers canol dydd ddoe.'

Wel ewch â rwbath iddo fo 'ta! Dwi 'di deud wrthach chi nad a' i ddim yn agos i'r lle byth eto.'

Fflachiodd rhywbeth tebyg i orffwylledd yn ei llygaid. 'Mi ei! Ac mi ei di rŵan!' Roedd hi'n deddfu.

'Nag af ddim! Mi welsoch chi be nath o imi ddoe.'

'Be s'arnat ti, dŵad? Rwyt ti'n dipyn mwy 'tebol na fi.'

Roedd gan Robin gryn amheuaeth o wirionedd y sylw hwnnw.

'A pheth arall, ma' gen i lond 'y nwylo efo Mared.'

'Ma' honno'n drysu!'

'Be ddeudist ti?' Daethai tôn anghrediniol i'w llais. 'Be ddeudist ti rŵan?'

Ailystyriodd Robin ei eiriau. 'Ma' hi'n colli arni'i hun. Dychmygu'i bod hi'n gweld petha. I salwch hi ma'n debyg. Lle ma'i fwyd o?' Trwy gytuno i'w ferthyru'i hun gobeithiai ddad-wneud ei fyrbwylltra.

Syllodd Mam yn hir ac yn graff arno, yna trodd ymaith at y grât ddu lle'r oedd bowlennaid o gawl digon anghynnes yr olwg yn cadw'n boeth. 'Dyma fo.'

Ymhell cyn cyrraedd pen y grisiau cerrig fe wyddai Robin beth oedd am ei wneud. Lithrodd y bollt yn gyflym o'i le, cilagor y drws a gwthio'r fowlen i mewn ar hyd y llawr; yna caeodd y drws drachefn.

Safodd am rai eiliadau i glustfeinio a thybiodd glywed y llwy yn symud yn ysgafn yn y ddysgl. Mentrodd daflu cip i mewn. Roedd y fowlen yno lle gadawsai hi a'r llwy ynddi o hyd, ond uwch ei phen, ar ei bedwar, Fo, yn llyfu ac yn llowcio fel ci ar ei gythlwng. Deuai'r sŵn tebycaf i rwndi o'i wddf.

Yn ddiolchgar gyrrodd Robin y pâr yn ddiogel i'w le.

*   *   *   *

Roedd Mam yn llawn ffwdan yn llofft Mared pan ddychwelodd Robin. Gallai glywed ei thraed prysur uwchben, yna'i sŵn trwm ar y grisiau.

Dychrynodd o weld y cynfasau gwaedlyd.

'Be sy'n bod? Be sy 'di digwydd?'

'Dos i nôl doctor! Rŵan!'

'Be s'arni hi?'

'Dos! Rŵan!'

Ni chyrhaeddodd ymhellach na'r trothwy. Roedd plismon a dyn-mewn-siwt yn sefyll yn fan'no, ar fin curo. Y dyn-mewn-siwt a siaradodd gyntaf.

'Good afternoon, Mr. . . . ym . . .'

'Robin.' Gwnaeth ei orau i guddio'i gynnwrf. 'Be 'dach chi isio? Dw i ar frys.'

'C.I.D. Mr. Robin.' Daliai ryw gerdyn i fyny o'i flaen.

'Pwy sy 'na?' Mam, yr un mor gynhyrfus ond am reswm gwahanol.

'Rhywun isio gweld *Eye Dee*, beth bynnag ydi hwnnw.'

'We'd like to ask you a few questions please.'

'No. No time. Sister sick!'

'We won't keep you long.'

'No. Must get doctor now.'

'An emergency?'

Roedd Robin wedi clywed y gair hwnnw yn yr ysbyty. 'Yes. Big murjen see.'

Trodd y ditectif at y plismon. 'Constable, can you arrange that?'

'Yes. I'll phone from the car.'

Dyna pryd y sylwodd Robin ar y car-gwyn-streipen-goch ar y buarth. Doedd ei fam nac yntau ddim wedi'i glywed yn cyrraedd. Aeth y cwnstabl draw ato.

'Can I come in, sir?' Ond cyn i Robin gael dweud 'Yes' neu 'No' roedd wedi gwthio heibio iddo a sefyll ar ganol llawr y gegin. Gwell hynny, hefyd, na'i fod allan ar y buarth o fewn clyw i'r llofft stabal.

'You'll know about the fire.'

'Fire? What fire?' Llais Mam, yn llawn amheuaeth yn syth.

'At *The Haven* ma'am, last night.'

'Capel Gilgal! Tân yno neithiwr. Mi welis i bora 'ma.'

'What was that, sir?'

'Saw fire-engine this morning.'

'Did your see or hear anything last night?'

'No. In bed early.'

'Can I ask you how you injured yourself, sir?' Roedd yn syllu'n chwilfrydig ar y sgriffiadau ar wyneb Robin ac yn arbennig ar losg y llaw chwith.

'Accident. In barn, see!'

'And the hand, sir? How did that happen?'

'Water from kettle on fire.' *Ddali di mo'no i'r uffar!* O gongl ei lygad gwelodd ei fam yn troi'n gyflym i edrych arno. Sylwodd y ditectif yntau a gwyddai hwnnw'n reddfol na fyddai rhaid iddo chwilio llawer pellach am droseddwr.

Ma'r diawl yn chwara cath a llygodan efo fi.

'Do you know the person who owns the house that was burnt?'

'No.'

'Mr. Davison says you do; that he talked with you the day before yesterday.'

'Don't remember.' *Uffar o atab gwirion!*

'Is that your lorry down by the shed near the ford?'

'Yes.'

'Did you know that someone's been stealing your petrol?'

'No.'

'We've followed tracks in the snow from the lorry to the scene of the crime. We can see where he, whoever he was, crossed the river. His clothes must have been soaking wet.'

Roedd Mam yn fwy gofalus y tro hwn a gallodd guddio'i syndod. 'You go now. My daughter very sick upstairs.'

'I understand that, ma'am. The doctor's on his way.'

Ar y gair cyrhaeddodd y cwnstabl yn ôl i gadarnhau

geiriau'i gyd-weithiwr. 'That's right. He's on his way now.'

'Wyt *ti*'n siarad Cymraeg 'ta?' Teimlai Robin y byddai'n llai tebygol o gael ei faglu yn ei iaith ei hun.

'Sorry, sir, but I don't speak Welsh.' Ond roedd acen y cwnstabl yn ddigon i'w fradychu.

Aeth Mam i'r llofft at Mared.

'Now if we could finish this interview, please Mr. . . . ym . . . Robin. Arson is, of course, a very serious crime and can carry a penalty of anything up to eight, even ten years.'

'What you mean?' A chafodd eglurhad symlach o ddifrifoldeb y drosedd.

'Where were you last night, sir?'

'Home here he was, and like he say, he go to bed early.'

Aeth meddwl Robin yn fwy dryslyd wrth glywed ei fam o bawb yn gwneud esgus drosto. Daeth rhwystredigaeth i wyneb y ditectif yntau wrth i hwnnw sylweddoli na fyddai'n awr mor hawdd cael y cyfaddefiad y bu mor sicr ohono ychydig eiliadau'n ôl.

'Perhaps you got up during the night, Mr. . . . ym . . . Robin and perhaps you went out for a walk.'

'No!' Mam eto. 'He sleep all night.'

'How can you be so sure, Ma'am? Roedd ei chelwydd mor amlwg iddo.

'Because I don't sleep last night. I sit here all night.'

Gwenodd y ditectif a'i gydymaith yn dosturiol. 'I find that hard to believe, Ma'am. Why should you not go to bed?'

'Daughter sick.' A theimlodd y ditectif ei hun yn cael ei faglu unwaith yn rhagor. Roedd yr hen wraig yn llawer craffach na'i golwg.

Aeth y mân gwestiynau ymlaen am rai munudau a Mam

yn fwy nag atebol i'w hateb. Nid oedd yn rhaid i Robin wneud dim.

'I'll have to ask you Ma'am to let your son answer his own questions from now on.' Roedd penderfyniad wedi magu o'r newydd yn ei lais. Fe wyddai bellach nad ar chwarae bach y medrai gael y gorau ar yr hen wraig.

Dyna pryd y clywyd sŵn car yn sgathru ar wyneb y buarth a heb guro na dim cerddodd yr hen Barri Bach i mewn i'r gegin. Bu'n meddyginiaethu yn yr ardal ers deugain mlynedd bron, eto i gyd, dyma'r eildro erioed iddo gael ei alw i Arllechwedd, y tro cyntaf bedwar mis yn ôl pan fu bron i Robin-Dewyrth-Ifan 'fynd i ffordd yr holl ddaear', chwedl Evan Thomas y ficar. Ond er lleied ei ymwneud â'r teulu, fe glywsai'r doctor lawer stori amdanyn nhw dros y blynyddoedd—am hen ewythr oedd hefyd yn gywely a thad, am forwyn ifanc, flynyddoedd yn ôl, a roddodd enedigaeth ei hun i'w dau blentyn, am drydydd plentyn efallai na welodd erioed olau dydd, am ferch a fu'n cario am fisoedd ac a esgorodd ar ddim! Clebar cefn gwlad mae'n siŵr, ond doedd dim mwg heb dân chwaith.

'Lle ma' hi?' Ni synnodd weld y plismyn. Roedd eisoes wedi gweld eu car ar y buarth a gwyddai am yr ymholiadau oedd yn mynd ymlaen yn yr ardal.

'Yma! Brysiwch!' Llais Mam o ben y grisiau.

'Hm!' Ac aeth am y llofft.

'Now then, sir, these footprints in the snow. They seem to lead from the river back up this way. Towards that gate in fact!' Amneidiodd i gyfeiriad giât y buarth. 'Are you sure that you know nothing? Saw no one?'

'No.'

'We shall have to compare prints of course—

fingerprints on some pieces of glass, footprints in the snow and all that.'

Daeth sŵn traed trwm y doctor ar y grisiau a rhai Mam yn ei ddilyn. Roedd golwg ddifrifol iawn arno pan ddaeth i mewn i'r gegin. Trodd at y ddau heddwas, ei lais yn dawel ond pendant. 'Gwell ichi fynd. Ma' hi wedi marw ma' arna i ofn.' Mi ddo' i i gysylltiad â chi gynted ag y ca' i orffan yn fa'ma.'

Aeth popeth yn ddu i Robin. Ni chlywodd y plismyn yn mwmblan eu cydymdeimlad na'u gweld yn gadael.

'Eisteddwch eich dau!' Dotor Parri Bach yn mynnu ufudd-dod digwestiwn. 'Rŵan, rhaid cael at y gwir. Be ddigwyddodd? Roedd hi'n cario plentyn.' Mynegi ffaith, nid gofyn cwestiwn.

Nodiodd Mam ei phen yn araf.

'Ac mi'i collodd hi o.' Yr un dôn sicr eto.

'Do.'

'Sut?' Yn llym.

'Baglu a syrthio ar y grisia.'

Tro Robin oedd codi pen yn sydyn a syllu'n anghrediniol.

Bu'r hen feddyg yn ddigon craff i sylwi. 'Wyddet ti mo hynny?'

'Na.'

'Roedd o allan yn y caea.'

'Pryd? . . . Pryd syrthiodd hi?'

Gwnaeth yr hen wraig ymdrech amlwg i gofio.

'Ddoe? Bora ddoe?'

Roedd tawelwch euog Mam yn ddigon o ateb ynddo'i hun.

'Pam uffar na fasach chi'n galw amdana i cyn hyn, ddynas?' Ei lygaid yn melltennu. 'Mi allwn fod wedi achub 'i bywyd hi.'

Roedd hynny'n fwy nag y gallai Robin ei ddioddef. Heb air, cododd a rhuthro allan i'r buarth.

Mi ddeudis i wrthi hi am 'i alw fo! Mi gynigis i fynd i'w nôl o! Syrthio i lawr y grisia o ddiawl! Be uffar ma' hi wedi'i neud?

Am y tro cyntaf ers pan oedd o'n blentyn, treiglodd deigryn dros rudd Robin-Dewyrth-Ifan, deigryn o hiraeth ac yna ddeigryn o ddicter wrth i'w waed godi'n goch i'w ben. Fe'i lluchiodd ei hun yn bwdlyd filain i'r gwellt rhydd yng nghornel y sgubor sinc a gadael i'w feddwl swrth greu darluniau o'r gorffennol pell. Dewyrth Ifan bob amser yn brysur ddyfesigar o gwmpas y lle, yn dragwyddol barod ei gelpen i'r 'blydi hogyn 'ma' am ei fod o hyd o dan draed a'r un mor barod ei wên a'i anwes i Mared; Dewyrth Ifan yn dwrdio amharodrwydd i fynychu ysgol a Band o' Hope ac Ysgol Sul a Mam mor ddi-feind fel arall; Isaac Thomas Ty'n-bryn, pen-blaenor, a'i grechwen a'i watwar, yn rhan annatod o gapel Gilgal; Mared, bob cyfle a gâi, yn dilyn Dewyrth Ifan i fyny'r grisiau cerrig i roi bwyd i beth bynnag oedd yno ac yn dychryn ei brawd â'i dychymyg byw a'i darluniau erchyll; Mared yn gwenu, yn garuaidd, yn annwyl; Mared yn gwawdio ac yn hyll.

Cofia'i dymuniad ola hi, Robin! Cofia dy fod wedi gaddo.

Cododd yn araf a phoenus i'w draed a chydio'n ffyrnig yn un o'r byrnau gwair. Anwybyddodd y rhwygo poenus o'i fewn a'r procio yn nhynerwch ei law chwith a chododd y llwyth uchder ysgwydd a'i gario tu cefn i gwt y tractor. Yno, wedi'i ollwng i'r ychydig eira oedd yn dal i lynu'n styfnig ar y tir agored, rhedodd lafn ei gyllell yn filain drwy'r llinyn a chwalu'r gwair sych yn bentwr llac.

O dipyn i beth cludodd y dyddiaduron i gyd ond un allan o'u cuddfan a'u rhwygo'n orffwyll dros y gwair cyn rhoi matsien i'r cyfan.

Er rhyfedded oeddet ti, Mared, mi fydd yn chwith ar dy ôl.
Ti oedd yr unig un y gallwn i droi ati. Yr unig un erioed. Be
uffar wna i rŵan? Mynd i'r jêl fwy na thebyg! Dim uffar o
beryg! Does 'na neb . . . neb yn mynd i 'nghloi fi i mewn, a
walia'n cau amdana i. 'Sa'n well gen i farw na hynny. 'Swn
i'n hurtio mewn lle felly, mynd yn wirion. 'Run fath â Fo!
Falla 'mod i'n dechra'n barod. Roeddat titha hefyd Mared,
does dim byd sicrach, yn gweld ysbryd Dewyrth Ifan o
gwmpas y lle bob munud. Dwi'n gwbod rŵan, wedi darllan
dy lyfr bach di, mai dyna oedd yn bod arnat ti echnos pan
ddychrynist ti gymint arna i. Ond pwy sydd i ddeud nad ti
oedd yn iawn? Os nad ydi ysbryd yr hen grintach o gwmpas,
yna ma'i gysgod o wedi bod ar y lle 'ma ers blynyddoedd, ac
yn dal i fod!

Ciciodd yn ffyrnig yn y tân i ennyn rhagor o fflamau i
ysu tudalennau'r blynyddoedd a throdd yn ôl am y sgubor
sinc. Roedd car y doctor wedi mynd.

Tu cefn i hynny o fyrnau gwair oedd yno, byseddodd
Robin-Dewyrth-Ifan yn araf eto drwy'r dyddiadur olaf,
dyddiadur byr, deufis a hanner, ei chwaer . . . ei
ddiweddar chwaer! Â'i wyneb yn cymylu fwyfwy wrth
ymlafnio â'r ysgrifen ddestlus a'r geiriau anodd, roedd yn
fyddar i'r dafnau mawr glaw yn tabyrddu'n swnllyd
uwchben. Unwaith yn rhagor, collodd amynedd pan
ddaeth at y dudalen olaf gyda'i chofnod bras ac
annaturiol flêr. Rhwygodd y llyfryn hwnnw hefyd i lawr
ei feingefn a gadael i un ddalen syrthio'n gyfeiliorn wrth
ei draed. Aeth â'r gweddill i'w losgi a gwrando ennyd ar
y gawod yn hisian yng nghochni llygad y tân.

Teimlodd y düwch yn ei ben. Uffar o beth ydi mynd yn
wallgo, meddyliodd.

Doedd y Grawcallt ond cysgod tywyll yn y caddug a
chrib y Graig Wen, gyferbyn, o'r golwg dan gap o gwmwl.

Gwedd marwolaeth oedd ar bob dim a digon o eira ar ôl i roi'r awgrym o amdo. 'Ma'r Cwm yn marw ar ei hyd.' Daeth y frawddeg yn ôl iddo. Yn nyddiadur Mared y gwelodd o hi gynnau, ond geiriau Harri Llwyn-crwn. *Y bradwr uffar i ti, Harri! Roedd Mam yn iawn, pry cachu wyt ti!* Dôl-haidd, Cae'rperson, Llwyn-crwn. Lle nesa? A chragen capel Gilgal yn brotest weladwy yn erbyn y cyfan. *Diolch i ti, Robin, Wel, roedd yn rhaid i rywun ddangos 'i ochor . . . gneud safiad.* Ac eto, darlun trist, marw oedd Gilgal o hyd! I be? . . . i be? Crwydrodd ei lygaid i lawr y Cwm ar Ryd-y-gro yng nghanol ei ddiflastod yn y glaw. *Yn fan'cw yn rhwla ma'r cochyn tena, y sinach Sais, ac yn fa'ma ma' Mared yn . . . yn gorff. Roedd 'na gymint yn 'i dyddiaduron hi, pe bawn i ddim ond wedi cael yr amsar a'r awydd i'w darllan nhw i gyd. 'U dallt nhw oedd yn anodd. Ond mi welis ddigon! Digon i wbod bod yn rhaid 'u llosgi nhw. A rŵan does 'na ddim ar ôl, dim byd gwerth 'i gadw.*

Ar y Weirglodd, yn y caddug gwlyb oddi tano, gwelodd y bustych yn tin-droi yn eu hunfan yn yr eira a'r defaid yn pori'n obeithiol ar y clytiau tywyll o laswellt. Doedden nhw ddim wedi cael eu bwydo heddiw. Pe bai hynny o bwys bellach. Roedd colledion y gaeaf wedi mynd yn ddim yn nghysgod y golled ddiweddaraf.

Yn ddiarwybod, sychodd Robin y diferyn oedd wedi cronni ar flaen ei drwyn. Be oedd yn ei aros mwyach? Rhygnu byw, ddydd ar ôl dydd, efo Mam? A Fo! Neu waeth, falla! *Fel* Fo! Tu ôl i ddrws a chlo, yn cael ei wasgu gan waliau oer. Na!

Torrodd clec eglur ar ei feddyliau. Giât-y-rhyd yn cau ar ei chlicied ymhell islaw. Crwydrodd yn ddidaro draw at y wal i weld. Car heddlu a fan ddu tu ôl iddo. *Rhaid 'u bod nhw'n disgwyl traffarth efo chdi, Robin! Ond chân nhw ddim. Wyth i ddeng mlynadd ddeudodd o! Mewn llofft stabal o le, a phedair wal a chlo! Deng mlynadd!* Chwarddodd Robin-Dewyrth-Ifan yn chwerw yn y glaw. *Na, dydw i ddim yn meddwl rwsut.*

*   *   *   *

'I'm sorry, Ma'am, but we'll have to ask your son, Mr. . . . ym . . . Robin, to accompany us to the police station in Hirfrin.'

'Not here! Gone out! Why you want to take him to Hirfryn?'

'He has to answer some questions with regard to the arson attack. Can you tell me where he is?'

'Don't know.'

'Well, we'll look around if we may.'

Gwelwodd yr hen wraig. 'No!'

'What do you mean? Are you saying that we can't search for him?'

'No . . . I mean yes. You look in sgubor.'

Roedd cyfeiriad ei bys yn ddigon o arwydd i'r inspector roi ei wŷr ar waith.

'By the way,' meddai hwnnw wrth droi oddi wrthi yn y drws, 'I understand that you've had a bereavement. Please accept my sympathy.'

Trodd hithau yn ôl am y gegin mewn peth dryswch. Sut oedd o wedi cael clywed am Mared? Y doctor, wrth gwrs! Oedd rhaid i'r sinach hwnnw fod mor barod? Na, ei ddynion o'i hun ddeudodd wrtho fo mae'n debyg. Ond dydi o'm llawar o ots bellach. *Fydd petha byth yr un fath, yn na fydd, Ifan?*

Daeth yr inspector yn ei ôl a chwnstabl i'w ganlyn a phwysau'r byd yn drwm ar ysgwyddau'r ddau.

144

'You were right about the barn. I'm afraid that I have more bad news for you.'

Dal i syllu'n ddiddeall i'r tân a wnâi hi.

'Your son! We've found him.'

Dim ymateb.

'Very tragic, I fear.'

O'r diwedd, trodd ei llygaid llonydd arno.

'It seems that he's . . . he's taken his own life.' Doedd blynyddoedd o brofiad ddim wedi gwneud gorchwyl o'r fath yn ddim haws. A doedd dim gwaeth na gorfod hysbysu mam o farwolaeth ei phlentyn, waeth faint oedd oed y plentyn hwnnw neu honno. Y tro hwn, fodd bynnag, fe'i syfrdanwyd gan yr ymateb.

'Only right!' Ei llais yn dawel ond yn llawn hunanfeddiant. 'His fault!'

'What do you mean, Mrs. . . . ym . . .?'

'His fault!' Dim mwy.

Er cymaint yr oedd wedi caledu yn y gwaith, fe deimlodd yr inspector ias o arswyd yn ei anesmwytho. Ac eto, roedd rhywbeth ynglŷn â'r tŷ hwn, ynglŷn â'r gegin dywyll hon nad oedd wedi symud efo'r blynyddoedd, a barai iddo beidio â synnu'n ormodol.

'I have to tell you, I suppose, although I'd rather not . . . We found him hanging in the barn. There was a piece of paper nearby. A suicide note, I think. You have a right to read it now but I must then take possession of it for the inquest.'

Daliodd y ddalen iddi ac fel mewn breuddwyd cydiodd hithau ynddi. Llawysgrifen fawr, flêr, flinedig.

Nos Fawrth 12 Mawrth

Yn wan iawn. Mam wedi methu'n arw, er iddi ddweud ei bod yn dallt. Ond roedd rhaid hefyd. Fedrwn i ddim meddwl am ei eni. Be fasa fo? Dyna oedd fy ofn mwya. Be fasa fo! Plentyn Dewyrth Ifan! Ydi'r peth yn bosib? Dduw mawr, mae arnaf ofn ei fod o! Dyna pam na fedrwn i ddim meddwl geni hannar ellyll o rwbath—fel *Fo* yn y llofft stabal—a'i gloi mewn carachar weddill ei fywyd.

Fedrwn i chwaith ddim caniatáu be ddigwyddodd o'r blaen. Ofnadwy oedd hynny i Robin hefyd—dinistrio'i blentyn ei hun. Ein plentyn ni! Ond doedd ganddo ddim dewis, mwy na finnau. *Hi* wedi penderfynu. Felly rŵan hefyd, *hi* wedi penderfynu.

Llosgach. Dyna'r gair a glywais rywdro. Gair ofnadwy ydi o. Ond nid fy mai i y tro yma, ddyddiadur bach . . . nid o'm dewis i . . . ond pwy fuasai'n rhoi coel ar fy ngair pe bawn i'n dweud wrthyn nhw pwy oedd tad fy mhlentyn? Wnâi *hi* ddim ond gwylltio.

Gwell claddu'r cwbl, a finnau i'w ganlyn.

'Does he give some reason for taking his own life?' Roedd y plismon yn sefyll uwch ei phen, yn dal ei law am y ddalen yn ôl. Edrychodd hithau arno a'i hwyneb yn caledu.

'Does he mention the arson? How or why he did it?'

'Cer o 'ma'r pry cachu!'

'Pardon?' Cynhyrfwyd ef gan y fellten annisgwyl yn llygad yr hen wraig ond eiliad yn unig y parhaodd honno. Wrthi hi ei hun, yn fwy na dim, y dywedodd y geiriau nesaf, gan droi a syllu i'r tân:

'Diolch ma' Sais wyt ti, hefyd: nad wyt ti ddim yn dallt.' Yna, fel pe bai'n sylweddoli rhyw wirionedd mawr, crymodd ei hysgwyddau ac meddai mewn ochenaid, 'Ond Robin oedd yn iawn. Dydach chi'r Saeson chwaith ddim yn mynd i feindio'ch busnas, ydach chi?'

'Wel, Ma'am, I'm afraid we'll have to go but I shall be seeing you again soon. You realize, of course that the